CRUEL DESPERTAR
SARA CRAVEN

Editado por Harlequin Ibérica.
Una división de HarperCollins Ibérica, S.A.
Núñez de Balboa, 56
28001 Madrid

© 2009 Sara Craven
© 2016 Harlequin Ibérica, una división de HarperCollins Ibérica, S.A.
Cruel despertar, n.º 2455 - 23.3.16
Título original: Ruthless Awakening
Publicada originalmente por Mills & Boon®, Ltd., Londres.
Este título fue publicado originalmente en español en 2009

I.S.B.N.: 978-84-687-7607-1
Depósito legal: M-40599-2015
Impresión en CPI (Barcelona)
Fecha impresion para Argentina: 19.9.16
Distribuidor exclusivo para España: LOGISTA
Distribuidores para México: CODIPLYRSA y Despacho Flores
Distribuidores para Argentina: Interior, DGP, S.A. Alvarado 2118.
Cap. Fed./Buenos Aires y Gran Buenos Aires, VACCARO HNOS.

Capítulo 1

CUANDO el tren procedente de Londres cruzó el río Tamar, Rhianna se vio presa de un ataque de pánico.

«No debería haberlo hecho», pensó con desesperación. «No tengo derecho a ir a la boda de Carrie y Simon en la iglesia de Polkernick. Debería haberme quedado en casa. Lo sabía, incluso antes de recibir la invitación, incluso antes de que me dejaran claro que no sería bien recibida, que no debía ir. En ese caso, ¿por qué estoy en este tren?»

Desde que se anunció el compromiso, estaba preparada para recibir la temida invitación a la boda y había escrito una carta poniendo la misma disculpa que había utilizado anteriormente para zafarse de ser dama de honor: el rodaje de una nueva serie se lo impedía.

Pero, inesperadamente, Carrie la había llamado por teléfono para decirle que iba a ir a Londres a hacer compras para su ajuar y para invitarla a una comida de «chicas».

–Tienes que venir, querida –le había dicho Carrie riendo–. Puede que sea la última vez que comamos juntas ya que a Simon le ha salido trabajo en Ciudad del Cabo y Dios sabe cuándo volveremos al Reino Unido.

–¿En Ciudad del Cabo? –había repetido ella, a pesar suyo, con una nota estridente en la voz–. No tenía idea de que os fuerais a vivir al extranjero.

–Ha sido algo repentino –le había explicado Carrie–. Un conocido de Alonso tenía un puesto vacante en su empresa y la oferta era demasiado buena para rechazarla.

«Alonso», había repetido Rhianna mentalmente con creciente tensión. Sí, claro, tenía que ser Alonso quien se asegurara de que Simon se fuera lo más lejos posible, sin tener en cuenta el daño ya causado.

Alonso, tirando de hilos en diferentes continentes con el fin de que todo el mundo bailara al son que él tocaba y para que Carrie, su querida prima, se casara con la persona a la que había adorado desde la infancia.

La pareja perfecta, pensó Rhianna con un nudo en la garganta. Y nada iba a interponerse en su camino.

Debería haber puesto una excusa para no acudir al almuerzo y lo sabía, pero se había debatido entre el placer de volver a ver a Carrie y la angustia de guardar silencio mientras la otra chica hablaba de Simon y de su próxima boda.

Le había resultado sumamente difícil sentarse frente a Carrie, radiante de felicidad, consciente de lo sencillo que sería transformar sus sueños en una pesadilla.

Sencillo e imposible.

–Por favor, no puedes fallarme, tienes que venir –le había rogado Carrie–. Necesitaré tu apoyo. Ya sabes que la madre de Simon y la mía están en guerra y que hay que evitar que haya sangre.

Y ella había accedido porque los únicos motivos que le quedaban como excusa para no ir a la boda eran los que no podía confesar. Y porque Carrie era su amiga. Había sido su primera amiga de verdad y la única persona en Penvarnon que se había sido buena con ella. Carrie y… Simon, por supuesto. Y así fue como empezó el problema.

Y ahora Carrie, que tanto la quería, estaba decidida a impedir que ella no fuera a la boda…

Y en contra del expreso deseo de Alonso Penvarnon, iba de camino a Cornualles, desafiando las órdenes de él.

«No digas que no se te ha advertido…»

Sintió la garganta seca al recordar aquellas palabras y bebió un sorbo de agua de la botella, sin molestarse en utilizar el vaso que el camarero del tren le había llevado.

«Tranquilízate, solo vas a estar en Cornualles tres días, cuatro como mucho. Y una vez que Carrie se haya casado, desaparecerás para siempre. Además, puede que Alonso no esté allí, puede que esté de vuelta en Sudamérica, confiado de que sus órdenes se cumplirán en su ausencia».

Aunque el resto de los ocupantes de la enorme casa de piedra no le tenían gran simpatía, ya no podían hacerle daño. Ya nadie la miraba con desdén ni la trataba como a una intrusa, esa parte de su vida pertenecía al pasado.

Ella ya no era la no deseada sobrina del ama de llaves, la esquelética extraña con la que la niña de la casa, Caroline Seymour, había decidido entablar amistad obstinadamente ante la oposición de su familia.

Ella era Rhianna Carlow, actriz de televisión y protagonista de la serie *Castle Pride*, que había ganado varios premios. Era una mujer independiente, propietaria de su piso, que ya no se vestía con ropa de segunda mano ni tenía que agradecer nada a nadie.

Era una mujer de éxito y conocida, a quien la gente le pedía autógrafos o permiso para sacarle una foto con el teléfono móvil.

Y ahora, en breve, tendría que hacer una demostración de sus dotes de actriz porque, en dos días, tendría que presenciar, en silencio, cómo Carrie se convertía en la esposa de Simon.

Tendría que permanecer en silencio cuando querría gritar: «No, no puede ser. No voy a permitir que ocurra... por el bien de todos».

Pero ¿iba a ser capaz de decir la verdad y ver la desilusión de Carrie al darse cuenta del modo como Simon la había traicionado?

Carrie, rubia y alegre, siempre había sido como un rayo de luz en su vida, compensando la frialdad de su tía Kezia y el desdén con que la trataba el resto de la familia en Penvarnon House.

Y había sido así desde el primer día cuando, con doce años, se encontró temblando en lo alto de las escaleras que bajaban a los jardines, consciente de que había quebrantado la primera regla que su tía Kezia le había impuesto: no adentrarse nunca en la casa ni en los jardines.

Sus dominios se habían limitado a un piso nada acogedor en lo que antiguamente habían sido los establos. Si quería jugar afuera, solo podía hacerlo en el patio de los establos.

—Tienes que estar muy agradecida a la señora Seymour por permitirte venir a vivir aquí —le había dicho su tía Kezia—. Pero es a condición de que tu presencia se limite a esta zona. ¿Lo has entendido?

No, Rhianna no lo había entendido: «No sé por qué mamá ha tenido que morirse ni por qué no he podido quedarme en Londres con el señor y la señora Jessop, porque ellos me han invitado a vivir en su casa. Y no sé por qué tú me has traído a un sitio en el que no quiero estar y en el que nadie me quiere, y tú tampoco. Un sitio al lado del mar y lejos de mi casa. Un sitio en el que no quiero estar».

No había sido su intención desobedecer, pero el

aburrido patio de los establos no tenía comparación con los jardines que había visto a través de la puerta de la verja y a los que le había resultado imposible resistirse. Por lo tanto, había seguido el camino de grava hacia un lateral de la casa, Penvarnon House, y, al dar la vuelta por el camino, se había encontrado en la parte posterior de la casa con un césped enorme y dos niños corriendo hacia ella.

La niña había llegado la primera a las escaleras y, riendo, la había mirado y le había dicho:

–Hola. Soy Carrie Seymour y este es Simon. ¿Te ha traído tu madre para que meriendes con nosotros? Qué aburrido. Simon y yo íbamos a ir a la cala, ¿por qué no vienes con nosotros?

–No puedo –había contestado ella–. No debería estar aquí. Mi tía me ha dicho que no salga de la zona de los establos.

–¿Tu tía? –la niña vaciló–. Ah, debes de ser la sobrina de la señorita Trewint. He oído a mis padres hablar de ti. Pero no puedes pasarte el día entero en el patio de los establos, eso es una tontería. Ven con Simon y conmigo. Yo hablaré con mamá y con la señorita Trewint, así que no te preocupes.

Y eso era lo que Carrie había hecho. Además, ya que Rhianna iba a vivir allí, serían amigas. Siempre.

No obstante, debería haberse quedado por los establos, pensó Rhianna con ironía en el tren. «No debería haber ido a la cala con ellos».

Ella había supuesto que Simon, alto, rubio, de ojos azules y al menos un par de años mayor que Carrie, era su hermano. Pero se había equivocado.

–¿Mi hermano? ¡No, claro que no! Los dos somos hijos únicos, como tú –le había dicho Carrie–. Simon es un turista, viene a Cornualles a pasar las vacaciones.

A pesar de su juventud, Rhianna se había dado

cuenta de que Simon era el centro del universo de Carrie. Pronto descubrió que los dos, al final de las vacaciones de Semana Santa, volverían a sus internados, mientras que ella iría al colegio de Lanzion.

–Pero podremos pasar los dos meses de verano los tres juntos –había dicho Carrie–. El mar es muy tranquilo en la cala, podremos bañarnos todos los días y comer allí. Y cuando haga mal tiempo, estaremos en La Cabaña.

Carrie se había referido a una construcción de madera bajo el acantilado que, como Rhianna pronto descubrió, no solo tenía tumbonas sino también un espacioso cuarto de estar, una pequeña cocina, un viejo sofá y una mesa grande para comer o para juegos de mesa. El difunto Ben Penvarnon, el padre de Alonso, había instalado luz eléctrica en la cabaña.

–Vamos a pasarlo genial –había añadido Carrie–. Estoy muy contenta de que hayas venido a vivir aquí.

Y ni la hostilidad de la tía Kezia ni la de Moira Seymour, la madre de Carrie, habían logrado disipar en ella un creciente bienestar.

Aún echaba de menos a su madre, más desde que su tía Kezia dejó claro que mencionar el nombre de Grace Carlow era tabú. Rhianna también se había dado cuenta de que su tía no tenía ninguna foto de su madre ni de ningún otro miembro de la familia en su sombrío piso; además, la foto enmarcada de la boda de sus padres había desaparecido de su mesilla de noche y acabado en un cajón del mueble de su cuarto.

No obstante, le había gustado su nuevo colegio y, hacia finales del último trimestre antes de las vacaciones de verano, había regresado a la casa entusiasmada por haber conseguido un papel en la obra de teatro del colegio que se iba a representar antes de la Navidad y se ensayaría durante el otoño.

Pero sufrió una gran desilusión cuando su tía Kezia le dijo:

—Nada de eso. No voy a permitir que actúes en la obra y que te des aires de lo que no eres porque eso solo conlleva problemas. Y ya ha habido demasiados problemas en el pasado. Eso sin contar tu relación con la señorita Caroline… después de todo lo que te dije.

Su tía había suspirado profundamente y había añadido:

—Debes tener más cuidado y ser más discreta mientras vivas en la casa de la señora Seymour.

—Esta no es su casa —había objetado Rhianna—. Carrie me ha dicho que, en realidad, es la casa de su primo Alonso; pero él casi nunca está aquí porque está en sus otras propiedades en Sudamérica o viajando por todo el mundo debido a su trabajo como especialista en explotaciones mineras. Los padres de Carrie solo están aquí cuidando de la casa y Carrie me ha dicho que, cuando su primo se case, sus padres y ella tendrán que irse a vivir a otra parte.

—La señorita Caroline habla demasiado —había contestado su tía—. Y, de todos modos, voy a ir a hablar con tu profesora para quitarte de la cabeza esa tontería de actuar.

Y, a pesar de las lacrimógenas protestas de Rhianna, su tía había hecho exactamente eso.

—Pobrecilla —le había dicho Carrie con el ceño fruncido después de que Rhianna le contara lo sucedido—. Es muy severa contigo. ¿Ha sido siempre así?

Rhianna había sacudido la cabeza.

—No lo sé. La conocí en el funeral de mi madre. Allí me dijo que la habían nombrado tutora mía y que tenía que venir a vivir con ella, aunque no parecía hacerla feliz —Rhianna había suspirado—. Aquí nadie me quiere, aunque no sé por qué. No sé qué es lo que he hecho mal.

–Tú no has hecho nada malo, estoy segura de eso – le había dicho Carrie.

–Un día me dijiste que habías oído a tus padres hablando de mí. ¿Qué era lo que decían?

Carrie había enrojecido visiblemente. Tras una pausa, había contestado:

–Hace mucho tiempo de eso, no me acuerdo bien. Además, no debería haberles estado oyendo a escondidas. Sería mejor que se lo preguntaras a tu tía.

–Mi tía no quiere decirme nada. No habla conmigo de nada. Por favor, Carrie, tengo que saber por qué me odian todos.

–Bueno… yo estaba sentada en el cuarto de estar cuando mis padres entraron, pero no me vieron. Mi madre estaba diciéndole a mi padre: «No puedo creer que Kezia Trewint haya accedido a hacerse cargo de la hija de esa mujer y que la haya traído aquí». Mi padre dijo que suponía que no había tenido más remedio y le dijo a mamá que no la despidiera porque les costaría mucho encontrar a alguien que llevara la casa y que cocinara tan bien como tu tía.

Carrie se había interrumpido y había tragado saliva antes de continuar:

–Entonces, mi padre dijo también: «Además, la niña no tiene la culpa. No se la puede culpar por lo que su madre hizo años antes de que ella naciera. Así que dejémoslo estar y no pensemos más en ello». Entonces, mamá se enfadó y dijo que tu madre… no era una buena mujer. Y también dijo que «de tal palo tal astilla» y que qué diría Alonso cuando se enterara. Y papá le contestó: «Quién sabe». Pero también dijo que pensaba que lo mejor era darte una oportunidad y luego se marchó a su club.

Y, con lágrimas en los ojos, había añadido:

–Lo siento, Rhianna. No debería haber escuchado su conversación. Pero cuando te conocí, parecías tan triste que me dije a mí misma que papá tenía razón. Lo malo es que no sé si yo he empeorado las cosas ahora al contártelo.

–No –había respondido Rhianna–. No, no lo has hecho, te lo prometo. Quería saberlo. Además, nada de eso es verdad. Mi madre era una persona maravillosa.

Y tan guapa, había recordado ella, con sus cabellos caoba y sus ojos verdes y rasgados. «En tanto que mi pelo es… solo pelirrojo».

Entonces, había explicado:

–Después de la muerte de mi padre, mi madre consiguió trabajo como asistente social y la gente a la que visitaba la quería mucho. Todos lo decían. Y la señora Jessop me dijo que, si mamá no hubiera estado tan ocupada con los demás, habría dedicado más tiempo a sí misma y quizá se hubiera dado cuenta de que no estaba bien. Cuando fue al médico, ya era demasiado tarde –la voz le había temblado–. Así que ya ves, mi tía y tus padres están equivocados.

Carrie le había dado una palmada en el hombro.

–Sí, te creo.

Y, al cabo de un tiempo, llegó el día en el que conoció a Alonso Penvarnon. Un día de agosto soleado.

Habían estado en la playa todo el día. Por fin, Simon dijo que tenía que marcharse porque debía regresar a su casa, ya que tenían invitados a cenar. A pesar del calor, al volver, siempre echaban una carrera por el camino que ascendía el acantilado. Simon, con sus largas piernas, ganaba siempre; pero en esta ocasión, perdió una zapatilla de deporte y Carrie y Rhianna le llevaban ventaja. Entonces, Carrie tropezó y Rhianna llegó la primera, riendo y casi sin respiración… y se dio de bruces contra un hombre alto y sólido, un hombre que le dijo con fría voz:

–Vaya, ¿a quién tenemos aquí? ¿A una intrusa? Por si no lo sabías, esta es propiedad privada.

Al levantar el rostro, Rhianna se había encontrado con un semblante de pómulos prominentes y ojos tan fríos como las nubes de enero.

–Soy Rhianna Carlow –había dicho ella a modo de presentación–. Y… y vivo aquí.

–Claro… la chica. Se me había olvidado –había dicho él.

–¡Alonso! –gritó Carrie, que acababa de alcanzar la cima, lanzándose a él–. ¡Qué maravilla! No me habían dicho que ibas a venir.

–Ha sido una sorpresa –le había contestado Alonso mientras le devolvía el abrazo. Después, se volvió de nuevo a Rhianna–. Y no ha sido la única sorpresa.

Y desde ese primer día, Alonso alteró su vida, cambiándola una vez más… y no para mejor.

Porque, desde ese día, se la volvió a relegar a la zona de los establos y se la volvió a tratar como a una intrusa. Y por mucho que Carrie protestó, se vio envuelta en las actividades de la casa aquel verano durante la visita del propietario.

El propietario…

Incluso desde la barrera, Rhianna percibió que aquel lugar había perdido su languidez y melancolía y había cobrado nuevas energías. Hubo fiestas, partidos de tenis, música, visitas…

Con Alonso Penvarnon siempre como motor.

Y no era como ella lo había imaginado basándose en lo que Carrie le había contado de él.

En primer lugar, le había supuesto más mayor y más corpulento físicamente, no el esbelto, ágil y dinámico joven.

–Es lo que se llama un imán para las mujeres –le había comentado Simon, sintiéndose marginado, cuando ella, que había ido a hacer un recado por orden de su tía, le había encontrado accidentalmente en la oficina de correos del pueblo–. Algo, moreno y riquísimo. Mis padres dicen que no hay una mujer en Cornualles de menos de treinta años que no haya intentado tener algo con él.

–Pues a mí me parece horrible –había contestado ella con vehemencia mientras recordaba esos ojos extraordinarios, casi plateados, bajo unas oscuras y espesas pestañas.

Simon había sonreído débilmente.

–Me alegro de que te lo parezca. ¿Te apetece ir al puerto para tomar algo en el café Rollo's?

Rhianna había sacudido la cabeza.

–No, tengo que volver –lo que en parte era cierto. Sin embargo, no quería admitir que su tía la había enviado con el dinero justo, nada más.

–Vamos, solo diez minutos. Yo invito.

Ella se había sonrojado de placer. Simon, el encantador y guapísimo Simon, la había invitado al café. Normalmente y en presencia de Carrie no le prestaba demasiada atención. Pero ahora que Carrie estaba ocupada, ella se encontraba con la oportunidad de pasar un rato a solas con Simon.

Simon compró dos helados y se sentaron a charlar en el puerto mientras veían pasar los barcos. Por fin, Rhianna se disculpó, tenía que irse ya. Y Simon la ayudó a levantarse.

–Eh, esto ha sido estupendo. Tenemos que volver otro día –le había dicho él.

Durante el camino de regreso a Penvarnon, su corazón estaba henchido de felicidad. Solo había sido media hora, pero una media hora feliz en la vida de una niña que se sentía sola y a las puertas de la adolescencia…

Rhianna salió de su ensimismamiento, volviendo a la realidad, cuando una voz por la megafonía del tren anunció la inminente llegada a la estación.

Rhianna se levantó, se puso las gafas de sol, agarró su maleta y una bolsa especial para trajes y se dispuso a salir del tren.

«No tienes que hacerlo. Puedes quedarte donde estás, seguir hasta Penzance y, una vez allí, tomar un tren de vuelta a Londres. Puedes decir que te ha atacado un virus, la gripe de verano, cualquier cosa… Carrie se llevará una desilusión si no apareces, pero se le olvidará con la felicidad del momento. Y deja de pensar en el pasado. No puedes hacer nada…»

Pero se vio atrapada entre la gente que estaba saliendo del tren. La puerta que estaba delante de ella se había abierto y, de repente, se vio bajando al andén.

Hacía calor, pero Rhianna sintió un escalofrío, era como si un viento gélido la hubiera azotado.

Fue entonces cuando le vio.

Él estaba esperándola al fondo del andén, más alto y más moreno que todos los demás.

Entonces, cuando sus ojos se encontraron, Alonso Penvarnon comenzó a avanzar hacia ella.

Capítulo 2

ENTONCES, una voz a su lado dijo:
–Usted es Rhianna Carlow, ¿verdad? Lady Ariadne, de *Castle Pride*. Qué suerte. ¿Puedo hacerle unas preguntas?

Rhianna se volvió hacia su interlocutor, un hombre joven y de rostro delgado con cabello castaño que le sonreía. Pero su alivio no duró mucho.

–Soy Jason Tully, del periódico *Duchy Herald*. ¿Le importaría decirme qué hace tan lejos de Londres? No van a rodar los nuevos episodios de *Castle Pride* aquí, ¿verdad?

–No, que yo sepa –respondió ella con una sonrisa, a pesar de que el cuerpo entero le cosquilleaba al darse cuenta de que Alonso Penvarnon estaba a menos de un metro de distancia–. Aunque, por supuesto, sería muy agradable. Pero no, he venido por un asunto privado.

Tuvo cuidado de no mencionar la boda con el fin de evitar que los medios de comunicación se enterasen y convirtieran la iglesia de Polkernick en un circo. Lo que, sin duda, se interpretaría como un intento por su parte de eclipsar a la novia.

–Ah, ya –el joven hizo una señal hacia otro hombre, más corpulento, que llevaba una cámara–. ¿Viaja sola, Rhianna? ¿No ha venido acompañada?

–He venido a visitar a unos amigos –respondió ella sin atreverse a mirar a Alonso.

–Claro –Jason Tully sonrió maliciosamente–. Supongo que sabe que su compañero, el otro protagonista de la serie, Rob Winters, acaba de separarse, ¿no? ¿Qué opina al respecto?

«Así que era a él a quien esperabas ver salir conmigo del tren, ¿verdad, miserable?»

–No, no lo sabía –contestó ella, consciente de que Alonso estaba prestando suma atención al intercambio–. Y si es verdad, lo siento. No obstante, estoy segura de que pronto solucionarán sus dificultades.

–Pero ¿no es verdad que usted y Rob Winters están muy unidos? –insistió Tully–. Hubo unas intensas escenas de amor entre ustedes dos en los últimos episodios de la serie.

–Sí, representamos nuestros papeles –dijo Rhianna–. Somos actores, señor Tully, y nos pagan para que hagamos bien nuestro trabajo. Y ahora, si no le importa…

–Espere, solo una foto –Tully miró a Alonso, que aguardaba en silencio con las manos en los bolsillos del pantalón–. ¿Y usted es…?

–El chófer de la señorita Carlow –Alonso se acercó a ella y le agarró el equipaje–. Estaré esperándola en el coche, señora.

Tras esas palabras, Alonso se dio media vuelta y se dirigió hacia la salida.

Tully y su compañero le sacaron unas fotos y se despidieron de ella.

Por fin, Rhianna salió de la estación dispuesta a enfrentarse a su problema más inmediato, que estaba de pie, al lado de su jeep, con expresión hostil y ojos fríos.

Rhianna sintió la garganta seca y las manos húmedas. De poder, se habría dado media vuelta y habría echado a correr. Pero no era posible, no había escape.

–Señor Penvarnon –dijo ella con voz fría–, qué

sorpresa. Creía que estaría en la otra punta del mundo.

–Lo esperabas –dijo él, abriéndole la puerta del vehículo–. ¿Ha sido por eso por lo que has decidido ignorar mi consejo?

Rhianna arqueó las cejas.

–¿Así que era un consejo? –preguntó ella con ironía. Rhianna se subió al vehículo y alisó la falda de su vestido de lino color café–. Me pareció más bien una amenaza… y no respondo a las amenazas.

–Pero he notado que a lo que sí has respondido muy bien ha sido a las inconvenientes preguntas de ese reportero –dijo Alonso con voz suave–. Me alegro de que no hayas contestado con el típico «solo somos amigos» al preguntarte por tu relación con Robert Winters. Dime, ¿qué es él para ti? ¿El premio de consuelo por perder al hombre de tu vida?

–No –respondió ella–. Tanto Rob como su esposa son buenos amigos míos, aunque Daisy y yo somos más amigas porque nos conocimos en la escuela de arte dramático. Y la razón por la que tienen problemas es que ella quiere dejar de trabajar para tener un niño mientras él quiere seguir trabajando con ella porque está seguro de que llegarían a la cima. Por supuesto, no veo razón ninguna para mencionar eso a los de la prensa, ni nacional ni local.

Rhianna hizo una pausa y tomó aire para calmarse antes de añadir:

–Y le he dicho esto porque no me ha gustado la insinuación de que ningún hombre que pertenezca a otra mujer está seguro conmigo.

–Tu protesta es enternecedora –dijo él poniendo en marcha el coche–; sin embargo, la evidencia va en contra tuya. Quizá sea genético.

–De tal palo tal astilla, ¿verdad? ¿Por qué no lo

dice claramente? Le aseguro que no me molesta. Porque sé que fuera lo que fuese lo que mi madre hizo lo hizo por amor y yo soy igual que ella.

–Bravo, una representación extraordinaria. Podrías ganarte la vida en obras dramáticas sin necesidad de quitarte la ropa en televisión. Aunque, por otra parte, puede que te divierta, Y a propósito de eso, ¿qué tal se tomó tu amiga verte en pantalla desnuda con su marido?

Rhianna se encogió de hombros.

–Le pareció gracioso.

Rob y Daisy habían sido una pareja ideal. El amor que se profesaban había sido incuestionable… hasta que el reloj biológico de Daisy comenzó a lanzarle señales de advertencia. Que ahora estuvieran separados era algo temporal, pensaba ella. Porque estaban hechos el uno para el otro.

–Bueno, dime, Rhianna, ¿qué estás haciendo aquí? –le preguntó Alonso, sacándola de su ensimismamiento–. En Penvarnon no hay nadie que quiera verte, a excepción de Carrie. En su caso, el amor es ciego; de lo contrario, se habría dado cuenta de lo egoísta y traidora que eres.

–¡Qué dramatismo! Debería recomendarle como guionista de *Castle Pride*. A menos, por supuesto, que esté pensando en cambiar de profesión y hacerse taxista.

–No creerías que iba a permitir que Simon viniera a recogerte, ¿verdad? Y que no se te olvide que voy a estar vigilando.

Habían llegado a las afueras del pueblo y, de repente, Alonso llevó el coche a la cuneta de la carretera y lo detuvo bruscamente.

–Y no se trata de un consejo, sino de una advertencia –dijo Alonso–. Será mejor que me hagas caso.

Alonso se interrumpió y se llenó los pulmones de aire antes de añadir:

–Probablemente no haya en este país un hombre que no te desee; pero eso no es suficiente para ti, ¿verdad? Porque no aprendiste la lección hace cinco años. Tenías que intentar otra vez conquistar a Simon y, al final, lo conseguiste. Sin embargo, para tu desgracia, tus encantos no tuvieron gran efecto. Debió sentarte muy mal cuando ese pobre imbécil recuperó el sentido común y se dio cuenta de lo que era realmente importante en su vida y de lo cerca que había estado de perderlo.

Alonso la miró fijamente y, con voz endurecida, continuó:

–Traicionaste a la mejor amiga que has tenido nunca solo por acostarte con Simon, solo para demostrar que podías hacerlo. Sin embargo, este sábado es Carrie quien se va a casar con él y tú no vas a decir ni a hacer nada que lo impida. ¿Me he explicado bien?

–Perfectamente –Rhianna clavó la mirada en la lejanía–. Dígame, ¿ha recibido Simon el mismo sermón que yo?

–No ha hecho falta, Simon está arrepentido. Ha dejado muy claro lo mucho que siente la estupidez que cometió. Así que te recomiendo que no te interpongas en su camino.

–No se preocupe por eso –respondió ella.

Tras esa contestación, Rhianna guardó silencio. Alonso no la creería, como no la había creído en el pasado.

Alonso puso en marcha el coche de nuevo… camino a Penvarnon.

–Por fin, solas –la risa de Carrie tenía una nota de nerviosismo y su abrazo fue muy fuerte–. Oh, Rhianna, no sabes lo feliz que me hace que estés aquí. Ha sido horrible ahí abajo, ¿verdad? Has debido notarlo.

–La tensión se podía cortar con un cuchillo –concedió Rhianna mientras le devolvía el abrazo–. Pero ha sido por mi llegada.

–No lo creas –dijo Carrie–. Además, a nadie le importa ya lo que pasó hace años.

«¿No? ¿Por qué estás tan segura? Al menos, sé de una persona que no ha olvidado nada… ni perdonado nada».

Tragando saliva, Rhianna colgó la bolsa con el traje en el elegante armario; después, abrió la maleta.

–Entonces, ¿cuál es el problema?

Carrie suspiró.

–Nuestras madres, ese es el problema. Papá dice que se parece a la batalla de Waterloo, por eso se pasa el día en el club de golf; esa es su respuesta a todos los problemas –declaró Carrie con una nota de amargura.

–Bueno, es normal que no muestre excesivo interés en bajos de vestidos, arreglos florales y tartas de bodas –comentó Rhianna–. Debe pensar que su deber debe limitarse a firmar cheques. Además, debe afectarle bastante el hecho de que, después de la boda, te vayas a vivir a Ciudad del Cabo.

–Para mí también va a ser duro –admitió Carrie con tristeza–. Oh, Rhianna, Simon y yo… En fin, nos va a ir bien, ¿no crees?

A Rhianna le dio un vuelco el corazón.

–¿Por qué preguntas eso?

–Es por el nuevo trabajo. A veces tengo la impresión de que Simon tiene dudas al respecto. Estas últimas semanas ha estado muy callado; y cuando le pregunto, me dice que no pasa nada, que todo está bien, y ya está.

–En ese caso, supongo que todo está bien. Además, solo se trata de un trabajo, Carrie, no de una sentencia a cadena perpetua. Si no estáis a gusto, volvéis y ya está.

–Sí, supongo que tienes razón. Pero a Alonso no creo que le hiciera mucha gracia eso.

–¿Tan importante es complacerle? –Rhianna trató de que su tono de voz fuera ligero.

–Bueno, se ha portado increíblemente bien con nosotros –dijo Carrie–. Mis padres nunca podrían haberse permitido el lujo de vivir en un lugar como este y Alonso nos ha dejado esta casa durante todos estos años. Aunque supongo que te habrá dicho que esto también va a llegar a su fin pronto.

–No, no me lo ha dicho –contestó Rhianna–. Él y yo no tenemos confianza para hablar de esas cosas.

–Oh, lo siento, creía que la relación había mejorado, teniendo en cuenta que se ofreció a ir a buscarte –dijo Carrie–. Naturalmente, Simon iba a ir a la estación, pero Alonso le recordó que tenía que ir a Falmouth a la peluquería y se ofreció a ir a por ti.

–Sí, otra muestra de su amabilidad –comentó Rhianna irónicamente–. Bueno, dime, ¿qué es lo que va a pasar con la casa?

Carrie se encogió de hombros.

–Al parecer, Alonso va a venir a vivir aquí. ¿No te parece increíble? Mamá creía que era porque tenía intención de casarse, pero él no ha dicho nada al respecto y ni siquiera va a ir acompañado a mi boda. De hecho, puede que ni siquiera asista a la ceremonia. Bastante tiene con su nuevo juguete.

–¿Qué juguete?

–Su barco –Carrie alzó los ojos al techo–. Windhover, el Barco Maravillas, como lo llama mi padre. Es como una maravillosa suite de hotel, pero flotante y con un enorme motor. Lo tiene anclado en Polkernick. Lo trajo anteayer de Falmouth y está durmiendo ahí.

Al menos, ahí en el barco, Alonso estaría a cierta distancia, pensó Rhianna con alivio.

–Es natural que Alonso quiera intimidad –continuó Carrie–. No obstante, esta es su casa y, para horror de mamá, Alonso quiere vivir aquí. Mi madre va a dejar de ser la lady de la Manor, lo que le va a sentar fatal.

«Pero no va a rendirse sin luchar», pensó Rhianna recordando la mirada de Moira Seymour en ella al saludarla hacía un rato.

–Ah, señorita Carlow –le había dicho con voz gélida sentada en el sofá del cuarto de estar–. ¿Ha tenido buen viaje? Caroline me ha dicho que le ha dejado la habitación amarilla.

«Los áticos están llenos, ¿verdad?», había preguntado ella en silencio.

Sin embargo, le había sonreído y había contestado:

–Estoy encantada, señora Seymour. Me alegro mucho de estar aquí –entonces, se había vuelto hacia la mujer sentada frente a Moira Seymour–. Señora Rawlins, encantada de volver a verla. Tiene muy buen aspecto.

Aunque no era verdad. La viudedad había hecho envejecer y engordar a la madre de Simon y le había conferido un gesto amargo.

–He oído que te estás haciendo famosa en televisión, Rhianna –en vez de prostituirse en Kings Cross, había querido decir–. Aunque la verdad es que no veo casi la televisión, no encuentro ningún programa de interés.

–Sí, por supuesto –había dicho Rhianna.

–Van a servir el té dentro de media hora, Caroline –había dicho su madre–. Por favor, trae a tu invitada a tomar el té.

Rhianna había sentido un gran alivio al marcharse de allí y subir a la habitación amarilla, una habitación encantadora empapelada en color amarillo claro con pequeñas flores primaverales y una colcha de color verde.

Moira Seymour no le gustaba, pero tenía que reconocer su habilidad para la decoración.

Volviendo al presente, Rhianna comentó:

—Puede que a tu madre no le guste la idea de marcharse de aquí, pero es una casa enorme para solo dos personas.

—Es verdad, pero es aún más grande para un soltero como Alonso. A menos, por supuesto, que se case y forme una familia –Carrie hizo una pausa–. ¿Le has visto alguna vez con la misma mujer durante un tiempo? Me refiero a las veces que lo has visto en Londres.

Rhianna se la quedó mirando fijamente.

—¿Te ha dicho que nos hemos visto en Londres? –preguntó Rhianna con voz nerviosa.

—Mencionó haberte visto en una fiesta –Carrie se encogió de hombros–. ¿Algo que tenía que ver con una empresa de seguros?

—Apex, la empresa que patrocina *Castle Pride* –Rhianna asintió–. Pero había mucha gente en la fiesta y no me fijé en si iba acompañado o no.

Lo que era mentira.

Rhianna deshizo la maleta y se miró el reloj.

—Bueno, supongo que será mejor que vayamos a tomar el té. Pero antes me gustaría que me explicaras por qué vuestras madres están peleadas. ¿No eran amigas Margaret Rawlins y tu madre?

Carrie lanzó un suspiro.

—Nunca fueron íntimas amigas –admitió Carrie–. Verás, la casa que tiene la familia Rawlins aquí era una casa de vacaciones, y a mamá no le gustan esas cosas. Ya sabes, Cornualles para los de aquí y todo eso, a pesar de que la tía Esther y ella son londinenses. Y el hecho de que la señora Rawlins se haya venido a vivir aquí permanentemente no le ha hecho cambiar de opinión.

–No es posible que sea solo por eso…

–Bueno, no –Carrie hizo una mueca–. Cuando empezamos con los planes de la boda, Margaret prefirió mantenerse al margen y nosotras emprendimos solas la tarea.

–Pero cambió de idea, ¿no? –sugirió Rhianna.

–¡Y cómo! –exclamó Carrie–. Empezó a añadir invitados a la lista; se quejó del precio de la carpa, que le pareció muy cara, se puso en contacto con otra empresa y, como resultado, yo perdí la carpa que me gustaba porque otros la contrataron; la semana pasada quería que añadieran *Lead Kindly Light* a los himnos porque era el favorito de «su pobre Clive». Ya sé que es un himno precioso, pero muy triste; además, el libreto con la lista de himnos y el orden en el que se van a tocar se imprimió hace un siglo.

Carrie se interrumpió, tomó aire y añadió:

–Bueno, ya está, ya lo he soltado… Y hasta el próximo episodio, porque sé que va a haber otro.

–¡Dios mío! –exclamó Rhianna–. ¿No podría Simon hablar con ella?

Carrie suspiró una vez más.

–Se lo he pedido, pero se muestra muy defensivo respecto a su madre. Dice que aún no se ha recuperado de la muerte de su padre y que hay que tener paciencia con ella; sobre todo, ahora que él se va a ir a vivir tan lejos. Además, como ya te he dicho, Simon parece estar en otro mundo estos días.

–Ah –Rhianna agarró su cepillo y se lo pasó por el pelo delante del espejo–. ¿En qué se le nota?

–Por ejemplo, hoy ha estado a punto de perder la cita que tenía en la peluquería porque se le había olvidado. Algunos días hemos quedado en que le llamara a su casa y no estaba; y luego él me ha dicho, a modo de excusa, que se le había olvidado y que, además, tenía cosas que hacer.

–Debe de ser la resaca de la despedida de soltero y no quiere admitirlo –observó Rhianna en tono ligero.

Carrie se la quedó mirando fijamente.

–Pero eso fue hace un siglo. Se fue a Nassau con un grupo de amigos y pasaron allí un par de días. Estoy segura de que te lo dije, ¿no?

–Sí –contestó Rhianna–. Sí, me lo dijiste. Qué tonta.

«¿Cómo se me iba a haber olvidado? ¿Cómo se me iba a haber olvidado el viaje a Nassau cuando fue un par de días más tarde de que me enterara de lo del embarazo?»

Rhianna dejó el cepillo del pelo.

–Estoy segura de que no tiene importancia y de que Simon volverá a ser el de siempre en cuanto estemos casados –dijo Carrie–. Pero…

–Pero ahora lo que te gustaría es darle un puñetazo a la señora Rawlins –le interrumpió Rhianna en tono de broma–. Cosa que te aplaudo.

–Oh, Rhianna –Carrie la abrazó–. Gracias a Dios que estás aquí.

Cuando llegaron abajo para tomar el té, la primera persona a la que Rhianna vio fue Alonso. Estaba sentado en un sillón hojeando una revista.

Él se levantó cuando las vio entrar y sonrió; pero sus ojos se enfriaron cuando la miró a ella.

Rhianna pasó por delante de él con calma y eligió

un sillón lo más alejado posible del de él. Aunque, desgraciadamente, no logró olvidarse de su presencia. También se había colocado lo más lejos posible de los sofás, donde ambas madres estaban sentadas, la una frente a la otra. Al lado de Margaret Rawlins, había una caja grande.

–Caroline, querida –dijo la señora Rawlins mientras su futura nuera se sentaba al lado de su madre–, el otro día estaba pensando en eso de «una cosa vieja y otra nueva» y recordé lo que yo llevé el día de mi boda. Me gustaría que tú lo llevaras también.

La señora Rawlins levantó la tapa de la caja y, con cuidado, sacó de ella un elaborado tocado, con velo, en forma de diadema formada por unos tallos de los que caían perlas artificiales.

Era horrorosa, pensó Rhianna desapasionadamente. Y, en el terrible silencio que siguió, no se atrevió a mirar a Carrie.

Por fin, Carrie dijo pronunciando con lentitud:

–Te agradezco el detalle, pero no tenía intención de llevar velo, solo unas flores en el pelo. ¿Es que no te lo dije?

–Ah, pero un vestido de novia no está completo sin un velo –declaró la señora Rawlins animadamente–. Y aunque tu vestido de novia sea moderno, sé que, en el fondo, Simon es muy convencional y que a él le gustaría verte llevando algo convencional también. Por supuesto, tendrás que tener mucho cuidado con la diadema, es muy delicada y uno de los tallos está un poco suelto.

Rhianna miró a la señora Rawlins con incredulidad. En cuanto al comentario sobre Simon…

¿Era convencional que un hombre prometido se hubiera estado acostando con otra durante los últimos tres meses? ¿Que le dijera a otra mujer que la amaba y que se hubiese inventado una excusa para pasar unos días con ella en las Bahamas? ¿Y, que al final, cometiera el tremendo error de dejarla embarazada?

Rhianna miró a Carrie y notó su expresión de angustia; entretanto, Moira Seymour apretaba los labios con ira contenida.

Entonces, la puerta se abrió y la señora Henderson entró empujando un carrito. La tensión disminuyó de momento.

El té era de calidad superior. Había una bandeja con diminutos sándwiches y otra con bollos recién salidos del horno acompañados por un cuenco de nata y mermelada de fresas casera. También había una tarta de frutas.

La señora Rawlins insistió en guardar el tocado antes de que se sirviera el té. Una pena, pensó Rhianna, decidiendo que lo que el tocado necesitaba era una buena taza de té encima.

Por tanto, tendría que ocurrírsele otra cosa.

Después de dejar su plato y su taza en el carrito tras tomar el té, Rhianna, sin darle importancia en apariencia, agarró el tocado y se lo llevó hacia las puertas dobles de cristales como si quisiera examinarlo más de cerca.

–Oh, ten cuidado –dijo la señora Rawlins–. Como he dicho, uno de los tallos está casi suelto.

–Sí, ya lo veo. Pero estoy segura de que yo podría arreglarlo –dijo Rhianna en tono alegre.

«Bueno, como soy la invitada no deseada, ¿qué tengo que perder?» Y le dio un tirón al tallo suelto antes de lanzar un quedo grito de fingido pesar mientras se volvía hacia la dueña del tocado.

–Oh, Dios mío, se ha soltado del todo –dijo Rhianna con voz temblorosa–. No sabe cuánto lo siento, señora Rawlins.

–Déjame ver –Margaret Rawlins se puso en pie de inmediato, su rostro enrojecido por la cólera–. Quizá se pueda arreglar.

–Lo dudo mucho –Alonso se había puesto en pie inesperadamente y, tras acercarse a Rhianna, le quitó el tocado de las manos–. Está roto. De todos modos, es mejor que haya pasado ahora que durante la ceremonia, eso habría sido mucho peor.

Alonso miró a la señora Rawlins con la más encantadora de sus sonrisas y añadió:

–¿No está de acuerdo?

–Supongo que sí –respondió la mujer–. Aunque no sé qué va a decir Simon cuando se entere.

La señora Rawlins metió el tocado en la caja.

–Será mejor que guardes esto arriba, Caroline… antes de que ocurra otro incidente –dijo la señora Rawlins dirigiéndole una fulminante mirada a Rhianna.

–Sí –dijo Carrie sin entusiasmo.

Carrie miró a Rhianna y esta, captando la señal inmediatamente, la siguió.

–Eres la mejor –dijo Carrie tirando la caja en la cama de su dormitorio–. ¿Pero qué demonios voy a hacer con el velo de tul que no pega nada con el satén de color marfil? Mira.

El vestido era precioso, pensó Rhianna en el momento en que su amiga se lo enseñó. Era de corte imperio, muy sencillo, sin ningún adorno.

–¿Qué flores vas a llevar en el pelo?

–Rosas –respondió Carrie–. Rosas de color crema, igual que las del ramo.

Entonces, Carrie sacó el velo de la caja y lo levantó.

–Pero las flores no van a poder sujetar el peso del velo –añadió Carrie.

–En ese caso, tendremos que cortarlo. ¿Tienes unas tijeras a mano?

–¡Oh, no! ¿Qué vas a hacer?

–Confirmar la fama que tengo –contestó Rhianna alegremente–. La madre de Simon no volverá a hablarme en la vida, pero hay cosas peores.

Rhianna le quitó el velo a Carrie y le pidió unas tijeras y la caja de la costura.

Capítulo 3

RHIANNA se alegró de tener la disculpa de arreglar el velo para poder estar a solas en su habitación y tranquilizarse.

Con cuidado, redujo la masa de tul en dos tercios y después guardó el tejido que sobraba cuidadosamente en la caja.

Carrie aceptó la idea de llevar aquel velo y para cuando la madre de Simon descubriera lo que había ocurrido sería demasiado tarde. Aunque el hecho de que el largo y voluminoso velo pudiera ser reconstruido y devuelto a su antigua gloria seguramente la apaciguaría un poco.

Pero ahora se estaba acercando el momento de la siguiente tortura: una cena familiar en la casa. Una cena que, por supuesto, incluía al dueño de la casa.

—La fiesta es mañana por la tarde —le había dicho Carrie contenta—. Es en el Polkernick Arms; prácticamente, vamos a invadir el local.

Su rostro se había ensombrecido al añadir:

—Pero Simon no puede cenar con nosotros esta noche. Su padrino y su esposa acaban de venir de Worcestershire y Margaret ha insistido en que cene con ellos en casa.

Rhianna había sentido un gran alivio. Antes o después, Simon y ella tendrían que verse las caras, pero cuanto más tarde, mejor.

No obstante, la ausencia de Simon no iba a facilitarle la velada, porque él no era su único problema. También estaba Alonso, que la vigilaría constantemente a la espera de que cometiera un error.

Por lo tanto, tendría que hacer un esfuerzo por decepcionarle… y estaba armada para el desafío.

Se había duchado y se había puesto una falda de seda azul con una blusa estilo victoriano de cuello alto y sujeto con un broche. Era la viva imagen de la decencia.

Se había peinado hacia atrás y se había sujetado el pelo con un pasador de plata, y había utilizado un mínimo de maquillaje. Nada más.

Rhianna se acercó al asiento debajo de la ventana para recoger la caja de la costura de Carrie y, al mirar por la ventana, los recuerdos la asaltaron e hicieron afluir unas lágrimas a sus ojos. Casi pudo oír la voz de un hombre diciéndole en tono casi tierno: «¿Qué te pasa? Algo debe haberte…»

No, no quería recordar aquello.

Aunque… ¿no sería por eso por lo que realmente había ido allí?, se preguntó a sí misma. Quizá había pretendido poner un broche final al pasado y prepararse para un futuro que, en muchos sentidos, se le presentaba bueno. Tenía el éxito con el que soñaban muchas actrices de su edad.

Sin embargo, sus sueños eran diferentes, y esa era una cuestión que tenía que zanjar definitivamente.

Debía aceptar que todos esos años no había hecho más que desear lo imposible y que el hombre al que amaba tenía sus obligaciones, sus prioridades y había creado un abismo insalvable entre los dos.

Se alejó bruscamente de la ventana, respiró profundamente, se dirigió a la puerta, la abrió y… se dio de bruces con Simon.

–Vaya, estás aquí –Simon le agarró el brazo y la

hizo entrar de nuevo en la habitación–. ¿Qué significa esto, Rhianna? Creía que no ibas a venir; al menos, eso es lo que me hiciste creer.

–Te dije que no había tomado una decisión –se defendió ella, temblando de enfado–. ¿Qué te pasa, Simon? ¿Te remuerde la conciencia?

–Oh, por el amor de Dios –dijo él con voz dura–. Cometí un error, eso es todo. No soy el único hombre al que, de repente, le asusta la idea de casarse y tiene una aventura antes de que se cierren las puertas.

–¿Una aventura? –repitió ella con amargura–. ¿Fue eso para ti? A mí me parece que es algo más cuando le dices a alguien que la amas, cuando le haces creer que vais a ser felices juntos el resto de vuestras vidas y luego la dejas plantada y embarazada.

–¿Para esto has venido? ¿Para decirme que, al final, no va a haber un aborto? ¿O para causarme otro tipo de problemas?

–No y no –respondió Rhianna–. Pero escúchame bien, Simon. Voy a callarme y a no decir nada por el bien de Carrie, no por ti. Tú no la mereces y nunca la has merecido, sinvergüenza. Sin embargo, Carrie te quiere.

–No es la única, ¿verdad, cielo? –Simon alzó la mano y le acarició la nuca con insolencia.

Rhianna se apartó de él bruscamente.

–Sal de aquí –dijo ella con voz dura–. Y será mejor que hagas feliz a Carrie, eso es todo. Ni se te ocurra arruinarle la vida, cerdo.

–No, no lo haré –declaró Simon, serio de repente–. La quiero de verdad. Quizá mi insignificante aventura haya sido lo que me haya hecho darme cuenta de lo mucho que la quiero. ¿Puedes comprenderlo?

–Jamás te comprenderé, Simon –dijo ella mirándolo fríamente–. Ni comprenderé lo que ha ocurrido estos últimos meses. Y no importa lo que yo he perdido.

–Vamos, Rhianna –dijo él en tono de sorna acompañado de una nota triunfal–. ¿Cómo puedes perder algo que nunca has tenido? Sé realista. En fin, ahora tengo que marcharme. Pero volveré mañana, así que recuerda que voy a casarme con tu mejor amiga y muéstrate amable conmigo, ¿de acuerdo?

Tras lanzarle una sonrisa maliciosa, Simon se marchó.

Una vez a solas, Rhianna se sentó en la cama, el cuerpo entero temblándole.

«Tranquilízate. Ya has visto a Simon y has hablado con él, así que ya no tienes que hacerlo más. Y esta noche, lo único que tienes que hacer es ser amable y contestar cuando te hablen, eso es todo».

«Y no vas a llorar. Ni siquiera esta noche, cuando en la oscuridad, cuando estés en la cama sola, pienses en él… como pensabas en él todos esos años atrás, como pensarás en él durante el resto de tu vida».

Ya más tranquila, Rhianna bajó las escaleras y, al entrar en el cuarto de estar, le sorprendió encontrarlo vacío. No obstante, había una bandeja con bebidas, incluida una jarra de zumo y otra con limonada más una cubitera en la que había una botella de vino blanco.

Las puertas de cristales estaban abiertas y el sol iluminaba la habitación con su luz dorada.

Rhianna se acercó a la chimenea de piedra y se quedó mirando los cuadros que la flanqueaban de Tamsin Penvarnon y su esposo español.

Carrie le había hablado de ellos en una ocasión que estaban solas porque Simon se había tenido que ir a Truro a hacer compras con su madre:

–Unos años después de la batalla de Trafalgar, hubo un ataque español a Cornualles. Quemaron

Mousehole y Newlyn; pero cuando estaban de retirada en sus barcos, hubo una lucha y uno de los marinos, Jorge Alonso, fue herido y cayó por la borda. El mar lo arrastró hasta nuestra cala y Tamsin Penvarnon, la hija de la familia, lo encontró allí medio ahogado. Hizo que lo llevaran a la casa y le cuidó hasta que se recuperó.

Carrie le había lanzando una traviesa sonrisa.

—Entonces, Tamsin descubrió que estaba embarazada y ella y el capitán Alonso se casaron; aunque la familia dijo que él era su primo, uno de los Penvarnon de St Just, por si alguien hacía preguntas peligrosas. El capitán Alonso tomó el apellido de la familia, pero pusieron Alonso de nombre a uno de sus hijos; y, desde entonces, se ha seguido la tradición. Así que, cuando el tío Ben y la tía Esther tuvieron un hijo, todos sabían cómo iba a llamarse.

Carrie había suspirado.

—Es una historia preciosa. El padre de Jorge Alonso había sido uno de los conquistadores que fue a América y que amasó una gran fortuna. Se la dejó al hermano mayor de Jorge, a Juan. Pero Juan Alonso murió de unas fiebres, por lo que Jorge y Tamsin lo heredaron todo, y así fue como empezó la fortuna de la familia Penvarnon. Y encima encontraron depósitos minerales en sus propiedades de Chile. Por eso es por lo que mi primo Alonso es multimillonario y nosotros somos sus parientes pobres... aunque a mamá no le gusta que yo diga eso.

—¿Y tu tía murió también?

—Oh, no —Carrie había sacudido la cabeza–. Mi tía vive en el extranjero. No viene aquí nunca.

—¿Por qué? Esto es tan bonito...

Carrie se había encogido de hombros.

—Una vez se lo pregunté a papá y él me dijo que,

aunque la tía Esther y mamá eran ambas de Londres, unas personas se adaptaban mejor que otras. Jorge Alonso no pareció tener problemas en adaptarse. Tamsin y él, cuando se hicieron ricos, encargaron que les pintaran sus retratos. Ella llevaba puesto el collar Penvarnon que él encargó para ella, un collar de oro y turquesas. Sus retratos están en los salones. Un día, cuando no haya nadie, te los enseñaré.

Carrie había cumplido su palabra y Rhianna se había quedado fascinada al ver los retratos de los antiguos amantes: él de una belleza saturnina y ella una hermosa pelirroja de ojos azules.

Ahora, observando los retratos con detenimiento, notó el gran parecido entre Alonso Penvarnon y su antepasado. Y los dos eran aventureros. Sus ojos dispuestos a cualquier desafío. En busca de mundos a los que conquistar y fortunas que amasar.

Rhianna se acercó un poco más al retrato. Tamsin sonreía con los ojos; en una mano, llevaba un ornamentado abanico de plumas, con la otra rozaba el collar de turquesas.

–El tío Ben decidió guardar el collar en el banco –le había dicho Carrie–. Las mujeres Penvarnon lo llevan el día de su boda, así que supongo que tendremos que esperar a que Alonso se case para verlo. Pero el abanico sigue estando aquí, ¿quieres verlo?

«Y debería haberme limitado a mirarlo», pensó Rhianna recordando cómo la tentación de tocarlo y tenerlo en sus manos la venció. Sin embargo, en el momento en el que se había estado abanicando, imaginando ser una gran dama, apareció Moira Seymour seguida de Alonso Penvarnon.

–¿Cómo te atreves? –le había dicho Moira Seymour encolerizada–. ¿Cómo te atreves a tocar ese abanico en esta casa?

–No ha sido culpa suya –le había defendido Carrie al instante–. Le he dicho que podía tomarlo.

–Pues no tenías derecho a hacerlo, Caroline –le había dicho su madre–. Ese abanico es una reliquia de la familia, no un juguete barato. En el futuro, cerraré con llave la caja en la que está. Y otra cosa, esta chica no debería estar en la casa, creo que te lo dije.

Entonces, Moira Seymour se había acercado a Rhianna con una mano extendida y los ojos llenos de furia.

–Dámelo y sal de aquí ahora mismo. Y créeme, esto no va a quedar así.

–Yo no he hecho nada –había respondido ella.

–Tranquilízate, tía Moira, yo me encargaré de este asunto –intervino Alonso, acercándose a Rhianna para quitarle el abanico cuidadosamente y mirándola con indulgencia–. Como es muy antiguo y sumamente frágil, es fácil dañarlo.

Después, volviéndose hacia su tía, había añadido:

–Creo recordar que en mi última visita comenté que el abanico debería estar en un museo. Me encargaré de ello.

Se hizo un silencio que Moira Seymour rompió con desgana:

–Sí, por supuesto. Si eso es lo que quieres…

–Sí, es lo que quiero –había respondido Alonso, devolviendo el abanico a su caja.

Después, volviéndose a Carrie y a ella, había añadido:

–No os preocupéis, no ha pasado nada. Vamos, marchaos a dar una vuelta y no se hable más del asunto.

Y así había sido, Rhianna no recibió ninguna regañina de su tía y, unos días después, apareció una furgoneta para llevarse el abanico y demás reliquias que había en la caja.

–Mamá está de un humor de perros –le había dicho Carrie después de que la caja desapareciera–. Solía enseñar lo que había en la caja a las visitas y ahora ya no va a poder hacerlo. Y se ha enfadado aún más cuando papá le ha dicho que el abanico y lo demás es de Alonso, no nuestro, y que él podía hacer lo que quisiera con esas cosas.

Carrie había hecho una pausa antes de añadir:

–Y también ha dicho que echarte de la casa había sido una estupidez y que Alonso pensaba lo mismo que él. Así que ya no tenemos que preocuparnos de eso.

Ahora, años después, nada había cambiado, pensó Rhianna con un suspiro. Lanzó una última mirada a Tamsin, una mujer que había luchado y había conquistado al hombre que quería, pero no sin romper unas cuantas reglas. Después, se volvió… y jadeó.

Alonso estaba delante de las puertas de cristal, con un hombro apoyado en el marco, observándola en silencio.

–Me… me ha asustado –dijo ella.

–No tanto como esperaba. De lo contrario, no habrías venido.

Rhianna se mordió un labio.

–Me refería a que no le había oído venir.

–Estabas muy pensativa. Está claro que esos retratos te interesan tanto ahora como te interesaban cuando eras casi una niña.

Rhianna se encogió de hombros.

–Son reflejo de una historia interesante –Rhianna hizo una breve pausa–. Y el collar es precioso. Me pregunto por qué eligió turquesas para ella.

–Se dice que las turquesas representan la conexión entre el cielo y el mar –contestó Alonso–. Lo que resulta apropiado para una mujer de Cornualles.

–Ah –dijo Rhianna–. Bueno, yo esperaba que se lo prestara a Carrie para el día de su boda para así poder verlo en la realidad.

–Lo siento –respondió Alonso sin ningún pesar–. Solo lo pueden llevar las novias Penvarnon como símbolo de fidelidad en el matrimonio. Lo que no lo hace apropiado para esta boda, ¿no estás de acuerdo?

–En mi opinión, Carrie sería una esposa fiel y maravillosa, se casara con quien se casase –declaró Rhianna.

–Sí, por supuesto. Pero me estaba refiriendo al novio.

–Ah, ya –dijo ella sin mirarle–. ¿Y el abanico? ¿Está en un museo?

–Sí, lo está.

Alonso se adentró en la habitación.

–Perdona, ¿dónde están mis modales? ¿Qué te apetece beber? ¿Pimm's?

Era la bebida perfecta para una cálida tarde y a Rhianna le apetecía, pero el sentido común le decía que debía evitar que el alcohol le nublara la mente.

–No, gracias, prefiero una limonada.

–Muy bien.

Alonso le sirvió la limonada y se la llevó.

–Bueno, ¿por qué quieres que brindemos? –dijo él alzando su copa–. ¿Por la feliz pareja? ¿O por tu buena salud, ahora que la necesitarás más que nunca?

Rhianna enarcó las cejas.

–¿Por qué dice eso?

Alonso se encogió de hombros.

–El rodaje de la serie en la que trabajas debe ser muy duro. No creo que pudieras permitirte muchos días de ausencia; sobre todo, teniendo en cuenta que hay un montón de rostros bonitos dispuestos a sustituirte a la menor oportunidad.

–Gracias por recordármelo. Y sí, supongo que po-

drían sustituirme –la limonada le quitó la sequedad de
la garganta–. Pero estoy razonablemente sana y no creo
que sea necesario que me sustituyan por un tiempo.

–Sin embargo, llegará el momento en el que eso
ocurra –dijo Alonso–. Dime, ¿qué harás cuando *Castle Pride* llegue a su fin?

–Es muy amable al preocuparse por mi bienestar –
dijo ella secamente–; no obstante, no tengo previsto
que mi carrera acabe en un futuro próximo. A menos,
por supuesto, que haya comprado acciones de la productora. Pero incluso en ese caso, creo que no le re-
sultaría fácil. Yo batallaría hasta el final.

–Desde luego, Rhianna, tú no eres la clase de persona que se va sin armar jaleo. Eso lo dejaste muy claro hace años.

Algo en la voz de Alonso la alarmó. Pero en ese
momento, mientras, haciéndose preguntas, le miraba,
la puerta se abrió y Carrie entró con las mejillas encendidas y los ojos brillantes, pero no de felicidad.

–¡No puedo creerlo! –exclamó Carrie furiosa–.
¡Después de todo lo demás, ahora esto!

–¿Qué ha pasado? –preguntó Rhianna acercándose
a ella rápidamente.

–La señora Rawlins, eso es lo que ha pasado. Justo
antes de marcharse, nos ha dicho que los padrinos de
Simon habían venido antes de la boda con el fin de cenar mañana con nosotros y así poder conocer a todo el
mundo. Mamá, inmediatamente, le ha explicado que
el Polkernick Arms es un establecimiento muy pequeño y que estaban los asientos justos. Pero la señora
Rawlins ha insistido en que sin duda podrán hacer sitio a dos más. Pero no podrá ser, lo sé.

Rhianna le dio un abrazo de consuelo.

–Bueno, en ese caso, Simon tendrá que hablar con
su madre y hacerla entrar en razón.

–Lo dudo –respondió Carrie con desacostumbrada brusquedad–. Su madre ya le ha convencido de que nuestra lista de invitados es mucho mayor que la suya. Simon va a decir que tendremos que acoplarlos de alguna manera, aunque eso signifique cancelar la reserva y buscar un restaurante más grande. Algo que, por cierto, ya ha insinuado. Pero no va a poder ser, no tan tarde.

Fue entonces cuando Moira Seymour entró en la estancia, su rostro congestionado.

–Esa mujer no va a ceder –dijo Moira Seymour mirando a su hija–. ¿Qué vamos a hacer? No podemos decir a dos de los invitados que no vengan porque tienen que ceder sus puestos.

–No –dijo Alonso inesperadamente–. Pero en casos como este, se pueden pedir voluntarios.

Alonso se volvió y miró a Rhianna con una fría sonrisa antes de decirle.

–Dígame, señorita Carlow, ¿está dispuesta a ayudar a Carrie y a ceder su sitio a cambio de cenar conmigo a solas?

Se hizo un silencio que pareció durar una eternidad.

Fue Moira Seymour quien logró recuperar la voz primero.

–Eso es imposible. Es muy amable por tu parte, Alonso, pero Carrie y tú sois primos. Es impensable que no vayas a la cena familiar.

–Por si no lo recuerdas, ni siquiera era seguro que viniera a la boda –dijo Alonso en tono seco–. Y dudo que asista a la ceremonia. Por otra parte, tengo entendido que Rhianna fue invitada en el último momento. La solución que he propuesto me parece ideal.

–Y absurda –dijo Moira Seymour enfadada–. No es posible que quieras… En fin, no puedo permitir que te sacrifiques de esa manera, querido Alonso. Y no creo que Rhianna lo espere tampoco.

—Por favor, no me consideres una víctima —dijo Alonso como si el comentario de su tía le hubiera parecido divertido—. Quizá no te hayas dado cuenta de que no hay un solo hombre en Inglaterra que no daría su brazo derecho por una cena a solas con la gran estrella de televisión.

«¿No lo hay?», se preguntó Rhianna. «Porque yo sé de uno, por lo menos, que está a unos metros de mí. ¿Por qué estás haciendo esto? ¿Por qué?»

—Bueno, Rhianna, ¿estás dispuesta a sacrificarte por los novios?

—Dicho así, ¿cómo podría negarme?

La sonrisa de Alonso se agrandó antes de volverse a Moira Seymour.

—Sugiero que Rhianna vaya con vosotros al restaurante del hotel a tomar una copa y luego ella y yo nos iremos. ¿De acuerdo?

—Bueno, supongo que sí —dijo Carrie con desgana antes de acercarse a Rhianna para darle un abrazo—. Aunque lo que menos me apetece es que falten las dos personas a las que más quiero. Pero es la solución a un problema que no debería haber surgido y pienso decírselo a Simon.

—Pero no te pongas hecha una furia —Alonso le sonrió—. Es decir, si no quieres arriesgarte a que el sábado no aparezca.

Carrie, más tranquila, sonrió traviesamente a su primo.

—Por nada del mundo.

Rhianna, con rostro inexpresivo, bebió un sorbo de limonada y la sintió como puro ácido en la garganta.

Capítulo 4

NO has cenado mucho –comentó Carrie en tono crítico cuando las dos salieron fuera a disfrutar del aire fresco de la noche–. Pero te lo advierto, no te está permitido ponerte mala el día de mi boda.

–Es solo que estoy un poco tensa –admitió Rhianna–. Estoy pensando en la cena de mañana.

–Vamos, no te preocupes, ya verás como lo pasas bien –dijo Carrie en tono consolador–. Por mucho que me cueste admitirlo, creo que lo pasarás mejor que yo. Esa cena familiar de mañana promete ser problemática. Además, no es la primera vez que Alonso va a llevarte a cenar.

Rhianna, con la boca seca de repente, se la quedó mirando.

–¿Qué quieres decir?

–¿Es que no te acuerdas de aquel cumpleaños tuyo? Cuando me lo contaste, me entró una envidia de muerte.

–No, no, claro que no se me ha olvidado –respondió Rhianna; entonces, miró al cielo–. Creo que voy a bajar a la cala antes de acostarme. Me encanta ver la luna reflejada en el agua. ¿Quieres venir?

–¿Con estos tacones? Ni hablar. Y tú ten cuidado, no quiero que vayas a mi boda con un tobillo escayolado.

–De acuerdo, abuelita –dijo Rhianna riendo.

Un tobillo roto se curaba, pensó Rhianna mientras bajaba por el sendero que conducía a la cala. Pero ¿qué se hacía con un corazón destrozado? ¿Y cómo se evitaba una vida de soledad?

Con los zapatos en la mano, Rhianna caminó por la arena hasta una roca especialmente plana; allí, se sentó a contemplar el mar.

Pero, en esa ocasión, no vio salir una cabeza morena del agua bajo los rayos del sol.

Había sido el día de su decimotercer aniversario. Ella estaba sentada en esa roca sintiendo una absoluta desolación porque nadie se había acordado de felicitarla y no había recibido un solo regalo, ni siquiera una tarjeta de felicitación; y su tía Kezia ni siquiera la había felicitado. Carrie, que era la única persona que la habría felicitado, estaba en una excursión con el colegio.

Había escapado a la cala y allí, sentada en su roca favorita, se había echado a llorar desconsoladamente. Por fin, al levantar la cabeza, le vio.

Vio a Alonso Penvarnon saliendo del mar completamente desnudo y tan ignorante de su presencia como ella lo había estado de la suya.

Pero el ruido que ella hizo, un pequeño grito ahogado de sorpresa y vergüenza, le alertó y le hizo volver la cabeza en su dirección.

–¡Vaya por Dios! –había exclamado Alonso en tono de resignación antes de acercarse a la toalla y atársela a la cintura para cubrirse.

Después, se había acercado a ella.

–Rhianna Carlow, ¿qué demonios estás haciendo aquí?

–Quería estar sola –respondió ella con voz ronca–. Creía que sus visitas se habían ido y que usted también lo había hecho.

–¿Es que no has visto que había alguien nadando y que, quizá, la persona en cuestión también quisiera estar sola? –preguntó él en tono de censura antes de suavizar su voz al ver la angustia de ella–. Vamos, no es posible que te haya asustado tanto. ¿Es la primera vez que ves a un hombre desnudo?

Sí, era la primera vez, pero no lo dijo.

–No es eso –Rhianna ahogó otro sollozo.

–Entonces, ¿qué es lo que te pasa? Vamos, deja de llorar y dímelo.

Rhianna bajó la cabeza al contestar:

–Es que hoy es mi cumpleaños, cumplo trece años, y nadie se ha acordado…

–¡Dios mío! –exclamó él en voz baja antes de guardar silencio durante tanto tiempo que ella alzó el rostro para mirarle y le vio con los ojos fijos en el mar y la mandíbula tensa.

Rhianna se puso nerviosa otra vez.

–Lo siento, no le estoy dejando que se vista. Me voy ya. Mi tía debe de estar buscándome.

–Lo dudo mucho –contestó él–. Pero no te vayas, se me ha ocurrido una idea. Espera a que vaya a la casa de la playa, ahí tengo mi ropa. Tú espérame aquí a que me vista y luego volveremos juntos a la casa.

Rhianna le obedeció y, al cabo de un rato, él salió de la casita y juntos subieron por el sendero.

Alonso la acompañó a los establos. Allí encontraron a la señorita Trewint limpiando la verja de madera de la entrada.

–Rhianna, ¿dónde estabas metida? –le preguntó su tía con gesto severo–. Espero que no hayas estado molestando a nadie otra vez.

–Todo lo contrario –dijo Alonso–. La he encontrado en la cala, pegada como una lapa a una roca, y ha demostrado ser una excelente compañía. Tanto que, con su permiso, he decidido invitarla a cenar para celebrar su cumpleaños.

La tía Kezia se quedó boquiabierta, su rostro enrojeciendo de enfado.

–A menos, por supuesto, que usted tenga otra cosa pensada para celebrar el cumpleaños de Rhianna –añadió Alonso con voz suave–. ¿No? Eso me parecía.

Alonso se volvió a Rhianna, que también le estaba mirando con expresión anonadada, pero con creciente felicidad.

–Lávate la cara, lapa –le dijo él–. Vendré a recogerte a las seis y media.

Kezia Trewint recuperó la voz:

–Señor Penvarnon, esto es una tontería. No tiene necesidad de tomarse la molestia de…

–En eso no estamos de acuerdo –Alonso le dedicó la más encantadora de las sonrisas; no obstante, su expresión era decidida–. Bueno, hasta las seis y media. Y estate lista.

Ahora, a la luz de la luna, Rhianna se permitió seguir recordando…

La tía Kezia, por supuesto, no se había molestado en disimular el enfado y la amargura que la situación le había causado.

–Poco más que una niña y ya te estás arrojando a los brazos de un hombre –le espetó su tía–. Y, para colmo, un Penvarnon. Vergüenza te tenía que dar. Y él debe haberse vuelto loco.

–Yo no me he arrojado a los brazos de nadie –protestó Rhianna–. Le ha dado pena que no celebrara mi cumpleaños y ha querido hacerme un regalo, eso es todo.

–Porque te has hecho la víctima, la pobre huerfanita, ¿verdad? ¿Y qué crees que va a decir la señora Seymour cuando se entere? Tendremos suerte si no nos echan a patadas de aquí.

Rhianna se quedó mirando a su tía.

—El señor Penvarnon no se lo permitiría; sobre todo, porque ha sido algo que ha hecho él.

—Así que ahora resulta que le conoces muy bien, ¿eh? —Kezia Trewint lanzó una carcajada—. De tal palo tal astilla. En fin, será mejor que te arregles si vas a ir con él. No le hagas esperar.

Rhianna se fue a dar un baño. Después, se puso uno de los vestidos del uniforme del colegio, ya que no tenía otra cosa. Suspirando, se calzó los zapatos negros reglamentarios, se cepilló el pelo y bajó las escaleras para esperarle.

Alonso llegó unos minutos tarde. Al verla, sonrió y le dijo:

—Está usted muy guapa, señorita Carlow. ¿Nos vamos?

No era un trayecto largo, unos cuantos kilómetros siguiendo la carretera de la playa hasta otro pueblo en una colina con vistas al puerto. El restaurante estaba en el puerto, en el primer piso de una construcción de madera que, antiguamente, había sido un cobertizo para botes, y se subía a él por una escalera exterior.

Dentro, el restaurante era igualmente sencillo, con mesas y sillas de madera. El menú y la lista de vinos estaban escritos con tiza en unas pizarras negras.

Ya había gente cenando, pero a ellos les habían reservado una mesa junto a la ventana con vistas al puerto. Una chica vestida con camiseta y vaqueros se acercó para encenderles una vela, que había en el centro de la mesa, y para llevarles las bebidas.

Rhianna pidió agua.

—Por favor, Bethan, tráenos una jarra de agua para

los dos, con hielo y sin limón –dijo Alonso–. Y media botella del Chablis que tomé la última vez.

Después de que Bethan, la camarera, se marchara, Alonso le sonrió.

–Es un restaurante de pescado y marisco. Supongo que debería haberte preguntado si te gusta el pescado.

–Me gusta todo –respondió ella–. Excepto los callos.

–Eso a mí tampoco me gusta. ¿Has tomado langosta alguna vez?

Rhianna sacudió la cabeza.

–En ese caso, tomaremos langosta –dijo Alonso.

Y eso tomaron, langosta a la plancha con ensalada, patatas hervidas y pan. A la langosta le siguió una mousse de gambas y, cuando les llevaron el vino, Alonso le sirvió un poco en una copa y se la dio.

–Por el cumpleaños de Rhianna –dijo él, alzando su copa en un brindis.

Rhianna bebió vino con precaución y le supo a sol y a flores.

El postre fue una tarta de frambuesa con nata, que un hombre fornido con un delantal llevó con gran ceremonia a la mesa. Alonso, al presentárselo, le dijo que era Morris Trencro, el dueño y el cocinero del restaurante. En el centro de la tarta había una vela encendida para que ella pidiera un deseo y luego la apagara.

–Felicidades –le dijo el señor Trencro antes de empezar a cantar cumpleaños feliz con fuerte voz de barítono, a la que se sumaron el resto de los comensales, mirando a aquella niña pelirroja cuyos ojos brillaban más que la llama de la vela.

Fue un momento maravilloso en su vida, aunque tuvo repercusiones. Y, por extraño que resultara, no fue su tía Kezia quien le dio problemas, sino Moira

Seymour que, a partir de ese momento, mostró aún más frialdad respecto a ella... si eso era posible.

Ahora, diez años después, no tenía ningún problema con su guardarropa, pensó Rhianna irónicamente al mirarse al espejo a la tarde siguiente.

Se había puesto un vestido de seda verde oscura, que acentuaba el color de sus ojos; la falda del vestido le llegaba a media pierna, las mangas eran de tres cuartos y el escote cruzado era discreto a la vez que insinuante.

Respirando profundamente, se puso los mejores pendientes que tenía, unos aros de oro con esmeraldas incrustadas.

Tras una última mirada, agarró el bolso verde, que hacía juego con las elegantes sandalias de tacón, y salió de la habitación para ir con el resto de la familia al Polkernick Arms a tomar una copa antes de irse a cenar con Alonso.

En el momento inicial, el ambiente en el Polkernick Arms recordaba a los Montesco contra los Capuleto, pensó Rhianna desapasionadamente, con la familia Seymour y la familia Penvarnon en una parte del bar y el clan de la familia Rawlins en el otro extremo. Con un poco de suerte, los cuchillos de la cubertería no estarían muy afilados.

Ella se había quedado a un lado de la estancia, alejada del pequeño círculo formado por Carrie, del brazo de Simon, y unas pocas personas más.

No había mirado a Simon ni él a ella al saludarse. ¿Llegaría el momento en que pudiera mirarle y ver en él simplemente al marido de Carrie? Quizá en el futuro, una vez que el transcurso del tiempo y la distancia produjeran su efecto.

Por supuesto, advirtió al instante la llegada de Alonso y, durante un momento, deseó con toda su alma poder volver atrás en el tiempo y borrar esos últimos meses de su vida, con su carga de mentiras, secretos y vergüenza.

Deseó poder darse la vuelta y acercarse a él para charlar y saludarle estrechándole la mano o… con un beso. Y deseó poder ver en los grises ojos de Alonso cálida sorpresa y… algo más.

Deseó que pudiera ser el principio y no el fin.

Pero era demasiado tarde para eso. Habían ocurrido demasiadas cosas.

Por fin, después de intercambiar saludos con las personas con las que se cruzó, Alonso llegó hasta ella.

–Rhianna, me quitas la respiración. Esta noche va a ser todo un privilegio.

Rhianna le vio observándola, admirando el modo como el vestido le ceñía los pechos y las caderas.

–Permítame que le devuelva el halago –respondió ella en tono seco.

Una rápida mirada le informó del inmaculado corte del traje de Alonso, la blancura de su camisa y la exquisitez de su corbata de seda granate.

–Siento haberme retrasado un poco, tenía que atender unos asuntos –Alonso hizo una pausa–. ¿Necesitas despedirte de alguien o nos vamos ya?

–No, no necesito despedirme de nadie –respondió ella.

–En ese caso, vámonos ya.

En el vestíbulo, ella le miró con firmeza y frialdad.

–No es necesario que cenemos juntos –dijo ella–. Podríamos despedirnos aquí y nadie se enteraría.

–¿No me digas que prefieres ir al pub a cenar fish

and chips mientras lloras por tu pérdida? –Alonso sacudió la cabeza–. No, Rhianna, de ninguna manera. Te he invitado a cenar y vamos a cenar juntos, por desagradable que te resulte.

Rhianna vaciló momentáneamente; después, con desgana, salió detrás de él a la calle.

–No veo tu todoterreno –dijo ella tras lanzar una mirada a su alrededor.

–Hace una noche espléndida, pensé que podríamos ir andando. ¿Puedes andar con esos tacones?

–Por supuesto.

Pero… ¿adónde iban?

Fue cuando llegaron al puerto y vio el precioso yate anclado cuando Rhianna se dio cuenta.

–¿Vamos a tu barco? –preguntó Rhianna alzando la voz–. ¿Esperas que cene contigo en tu barco?

–Claro –Alonso le sonrió–. El mar es una balsa y tengo un excelente cocinero a bordo, ¿cuál es el problema?

«Tú y yo somos el problema», pensó Rhianna. «Preferiría que hubiera gente a nuestro alrededor, no estar a solas contigo. Y no puedo andar sobre el agua en caso de necesitar salir a toda prisa».

Al verla vacilar, Alonso añadió:

–Era o el barco u otra vez el restaurante del cobertizo para barcas en Garzion… y no quería que la cena estuviera cargada de tantos recuerdos.

–En eso tienes toda la razón –dijo ella con una sonrisa forzada–. En fin, si no hay otro remedio… Al fin y al cabo, no queremos hacer esperar a tu cocinero, ¿verdad?

Y Rhianna sintió que el pulso se le aceleraba.

Capítulo 5

EN el puerto, Rhianna se vio obligada a aceptar la mano de Alonso para bajar los escurridizos escalones que conducían al bote, donde un hombre de pelo cano, con una sonrisa de admiración pero respetuosa, la ayudó a abordar.

–Este es Juan –dijo Alonso–. Me ayuda en el yate. Su hermano, Enrique, es el cocinero.

Un motor fueraborda les llevó por las tranquilas aguas hasta el yate. Una vez a bordo, Enrique, vestido con unos pantalones oscuros y una chaqueta blanca, los condujo al salón.

Rhianna observó con admiración los elegantes sofás que flanqueaban una gran mesa cuadrada.

Detrás de la zona de estar, había una mesa de comedor suficientemente grande para ocho comensales; aunque, aquella noche, había servicio para dos. Detrás, a juzgar por el olor, debía de estar la cocina.

–¿Una copa? –sugirió Alonso cuando Enrique se marchó; supuestamente, a dar los últimos toques a la cena–. Te puedo ofrecer zumo de naranja, si es que no quieres una bebida alcohólica.

–Si me prometes que Juan me salvará si caigo por la borda, me tomaré un jerez… el más seco que tengas.

–Si la memoria no me falla, eres mejor nadadora que Juan –comentó Alonso burlonamente–. Digamos que ahogarte no está en el programa.

Alonso le dio una copa y alzó la suya.

—¡Salud!

Ella se hizo eco del brindis y bebió un sorbo. Después, le miró agrandando los ojos.

—Este jerez es magnífico.

—Me alegro de que te guste. Te está permitido sentarte.

Rhianna así lo hizo y Alonso se sentó frente a ella.

—Estoy realmente impresionada con el barco —dijo ella sinceramente—. ¿Es completamente nuevo?

—Sí. Es un modelo más nuevo del barco que tenía antes, y tiene mucha más potencia.

—No sabía que te gustaran los barcos.

—¿Cómo ibas a saberlo? Te marchaste a Londres cuando tenías dieciocho años y, desde entonces, no nos hemos visto mucho. Al menos, hasta hace unos meses... cuando nos vimos otra vez. Y, cuando nos veíamos, siempre teníamos otras cosas de las que hablar. Nunca llegamos a charlar sobre lo que yo hacía en mis momentos de ocio, ¿o no lo recuerdas?

Rhianna clavó los ojos en la copa.

—No creo que lo olvide nunca.

—Me lo imagino. En fin, dime, Rhianna, ¿por qué, a pesar de todo, has decidido venir a esta maldita boda?

—Porque no se me ocurrió ninguna excusa convincente —respondió ella—. No podía decirle a Carrie que me estabas presionando para que no viniera; de haberlo hecho, me habría pedido una explicación e imagínate lo que habría ocurrido de habérsela dado. Además, tenía que despedirme.

Alonso esbozó una sonrisa.

—Tenía que despedirme de Carrie y del resto —añadió ella con gesto desafiante—. De todo. Tenía que cortar todos los lazos. Deberías alegrarte de ello.

Alonso se recostó en el respaldo del sofá.

–Dime, ¿has vuelto a ver a ese periodista amigo tuyo o todavía no ha logrado dar contigo?

–Es evidente que tienes un concepto de amistad muy amplio –dijo ella–. Pero el caballero en cuestión parece haber vuelto al agujero del que había salido y yo solo espero que se quede ahí.

–Amén –los ojos grises de Alonso se clavaron en ella con intensidad–. Como comprenderás, llegue a preguntarme si le darías la noticia de su vida: «Lady Ariadne reclama otra víctima para pesadilla de su mejor amiga. Novio se escapa con estrella de televisión». O algo por el estilo.

–Tienes una imaginación calenturienta –comentó Rhianna–. Quizá hayas dejado pasar de largo tu verdadera vocación.

–En ese caso, me alegro de que, al menos, uno de los dos lo haya logrado –respondió Alonso–. Dime, ¿la cadena de televisión te ofreció el papel sin más o tuviste que acostarte con alguien para que te dieran el papel de lady Ariadne?

–Eso no es asunto tuyo.

Tras una intensa mirada, Alonso anunció con voz impasible:

–En fin, creo que Enrique está listo para servir la cena.

Rhianna se levantó en silencio y le siguió hasta la zona de comedor; allí, con pesar, se dio cuenta de que su asiento estaba a la derecha de él. Casi podían tocarse.

Demasiada intimidad.

Pero fuera lo que fuese lo que Alonso Penvarnon se trajera entre manos, sabría hacerle frente.

Y lanzándole una mirada de soslayo, Rhianna decidió que, esa noche, Alonso iba a cenar con la mismísima lady Ariadne; «la prostituta sin corazón», como la había descrito una revista del corazón. Bebería y comería lo que él le ofreciera, hablaría y se mostraría encantadora; incluso podía ocurrir que coqueteara un poco con él… pero dejando claro que era inalcanzable, intocable.

Y una vez que la cena hubiera concluido, bostezaría, se disculparía y se marcharía.

Porque al día siguiente, con o sin boda, se iba a inventar una excusa y se iba a marchar en el primer tren que encontrara.

Y eso sería el fin. No podía permitirse mirar al pasado. No podía permitirse albergar esperanzas. Nunca más.

En otras circunstancias, habría disfrutado enormemente de la cena que el sonriente Enrique les llevó.

El primer plato fue una selección de tapas: chorizo, aceitunas, gambas, anchoas y pimientos asados. A las tapas siguió cordero asado con guarnición de verduras asadas, todo ello acompañado de un exquisito rioja. De postre, tomaron crema de almendras.

Fue una excelente velada, con Alonso de anfitrión perfecto.

—Cielos —dijo ella, medio riendo, en un momento de la velada—. Todo esto, además de Juan y Enrique. ¿Estás volviendo a tu herencia española?

Alonso se encogió de hombros.

—Es absurdo negarla y, en ocasiones, se me nota mucho —Alonso bebió un sorbo de vino—. Tanto los españoles como los ingleses éramos piratas en tiempos de la reina Isabel. Todos ladrones, aunque enmascarados bajo la bandera del patriotismo; tomábamos lo que queríamos y al demonio con las consecuencias. Y mi antepasado, Jorge, no era diferente a los demás; quién sabe, quizá hubiera sido él quien encendiera la antorcha que provocó el fuego de Penzance antes de que su barco se hundiera.

–Y entonces conoció a Tamsin y se casó con ella – dijo Rhianna con voz queda.

–La conoció y la sedujo –la corrigió Alonso–. Una empresa de alto riesgo por aquel entonces. El padre de Tamsin, en vez de bendecirles y permitirles que se casaran, podría haberle cortado el cuello.

–Pero, al final, salió bien –insistió Rhianna–. Jorge se quedó en un país enemigo, así que debía quererla mucho.

–Es posible –concedió Alonso–. Pero no olvides que ella era una rica heredera y él había salido de su país para hacer fortuna.

–Tienes un punto de vista muy cínico de lo ocurrido –comentó Rhianna en tono ligero–. A mí me gusta más la versión romántica.

La boca de él se endureció.

–Con el amor triunfando sobre todo, ¿verdad? Desgraciadamente, en la vida real son escasos los finales felices.

–Sí, ya me he dado cuenta de ello –Rhianna sonrió tensamente. Tenía que cambiar de tema de conversación y rápidamente. Bajó los ojos y se quedó mirando su plato vacío–. Enrique es una joya. No es posible que se conforme con trabajar en tu barco y esperar a que tú aparezcas. Debe aburrirse mucho cuando estás en Sudamérica o por cualquier otra parte del mundo. ¿No se le ha ocurrido abrir un restaurante?

–A mí, desde luego, no me lo ha dicho –Alonso volvió a llenar las copas–. ¿Por qué no se lo preguntas a él?

Rhianna se ruborizó.

–No digas tonterías. Al fin y al cabo, no es asunto mío.

–Pienso que se sentiría halagado, aunque no creo que la idea le resulte tentadora –dijo Alonso–. Enrique está satisfecho con su vida, igual que Juan. Quizá hayan encontrado la receta de la felicidad.

–Mientras los demás seguimos buscándola –Rhianna se miró el reloj–. ¡Dios mío, es casi medianoche! Creo que debería irme ya.

Alonso se miró el reloj y arqueó las cejas.

–¿Por qué? Estoy seguro de que la fiesta de Carrie aún no ha terminado.

–Claro que sí –respondió Rhianna–. Carrie tiene que estar en casa para la medianoche. ¿O es que se te ha olvidado la vieja superstición de que, el día de la boda, el novio no puede ver a la novia hasta que ella entre en la iglesia?

–Debe habérseme olvidado, aunque yo no soy supersticioso –Alonso hizo una pausa–. Entonces, ¿no puedo convencerte de que tomes un café antes?

–No, gracias, es muy tarde para un café –respondió ella–. No me dejaría dormir.

–Y, naturalmente, quieres estar fresca para mañana –comentó Alonso con voz suave–. No obstante, haciendo uso de un recatado eufemismo, ¿no querrías asearte antes de marcharte? En cuyo caso, le diré a Enrique que te acompañe a una de las habitaciones.

–Sí, gracias –respondió ella agarrando su bolso.

–De nada.

Pero, en la puerta, Rhianna se detuvo y, volviendo la cabeza, se lo quedó mirando un momento. Alonso estaba sentado observando el color del vino de su copa. Consciente de que probablemente sería la última vez que lo viera, quería grabar en la memoria el recuerdo de ese rostro bronceado e inteligente de pronunciados pómulos e increíbles ojos con espesas y largas pestañas; y el esbelto y musculoso cuerpo de largas piernas.

La habitación a la que Enrique la llevó la dejó boquiabierta. Los armarios empotrados y la cómoda eran de una madera clara; la cama, la más grande que había visto en su vida, estaba vestida con sábanas de color crema y una colcha doblada a los pies de color teja. Los cojines y un pequeño sofá también era del mismo color teja.

El cuarto de baño de la habitación era blanco y color añil con una ducha, dos lavabos empotrados en un mueble, retrete y bidé.

–¿Tiene lo que necesita? –le preguntó Enrique señalando las toallas que había en una estantería en un rincón del baño–. Si necesita algo más, dígamelo, por favor. Ahí tiene un timbre.

Buena idea, pensó Rhianna mientras Enrique cerraba la puerta tras de sí. Aunque innecesario.

Después de secarse las manos, Rhianna se cepilló el pelo. Mientras lo hacía, notó que los artículos de tocador que había encima del mostrador de los lavabos eran de su marca preferida, desde la crema hidratante a la loción corporal, incluido el champú.

Extraño, pensó mientras volvía al dormitorio. De repente, Rhianna se quedó inmóvil al ver una prenda encima de la cama. Era el camisón de una mujer… su camisón.

Rápidamente, regresó al cuarto de baño para examinar los artículos de tocador. Pronto se dio cuenta de que habían sido utilizados y también vio su neceser dentro del armario de los lavabos.

«Mis cosas, aquí, en este barco».

La revisión de los armarios de la habitación confirmó sus sospechas. La ropa que había llevado a Penvarnon estaba allí, colgada y doblada en los cajones; y la maleta también estaba allí, al fondo del armario. Y el bolso de mano que llevaba en el viaje… pero sin el monedero ni el pasaporte.

En ese momento notó otra cosa: el ruido de un poderoso motor. Con horror, se dio cuenta de que el barco se estaba moviendo.

Se lanzó a la puerta… y se la encontró cerrada con llave.

No podía ser, no podía estarle ocurriendo eso.

Quiso gritar y aporrear la puerta, pero la lógica le dijo que esa era exactamente la reacción que Alonso esperaba de ella y que no la llevaría a ninguna parte.

Rhianna se apartó de la puerta y trató de calmarse. Tras unos momentos de vacilación, llamó al timbre.

Su llamada fue respondida con admirable prontitud por el mismísimo Alonso. Él se había quitado la chaqueta y la corbata, por lo que iba en mangas de camisa con el último botón de la camisa desabrochado.

Rhianna, desde el sofá y con las piernas elegantemente cruzadas, se le quedó mirando.

–¿Qué pasa, está Enrique demasiado ocupado probándose su disfraz de carcelero?

–Pensé que a lo mejor te daba por tirar cosas y he decidido que mejor me las tirabas a mí que a él –contestó Alonso, cerrando la puerta tras de sí.

–Eres todo corazón. Dime, ¿qué crees que estás haciendo?

–Invitarte a un crucero corto y romántico –respondió Alonso–. Al menos, espero que sea romántico. No obstante, puede que la bahía de Vizcaya no sea el mejor lugar para ello.

–¿La bahía de Vizcaya? –Rhianna alzó la barbilla–. Alonso, no seas ridículo. No puedes hacer esto.

–¿Y quién va a impedírmelo?

–Tu sentido común… espero –dijo ella fríamente–.

Se supone que mañana vamos a ir a una boda, la boda de tu prima y de mi mejor amiga. ¿Crees que no se va a notar nuestra ausencia? ¿Que no van a ponerse a buscarnos?

–No, no lo harán –dijo él–. En la carta que le he dejado a Carrie cuando he ido a por tus cosas se lo he dejado muy claro.

A Rhianna le dio un vuelco el corazón.

–En ese caso, ¿te importaría dejármelo claro a mí también? Es decir, si no es mucha molestia.

–No, ninguna –Alonso, con las manos en los bolsillos, se apoyó en la puerta–. Le he dicho que, últimamente, nos habíamos visto en Londres, pero que había habido algún malentendido entre los dos. Por supuesto, no he sido específico al respecto, pero le he dicho que creía que lo que necesitábamos eran unos días a solas para aclarar la situación.

Alonso sonrió burlonamente antes de añadir:

–También he mencionado que, como sabía que ibas a volver a Londres nada más acabar la boda, no quería perder la oportunidad y que, en fin, que había decidido alargar la cena y convertirla en un viaje de unos días en el barco. Una especie de luna de miel adelantada. Me ha parecido la clase de excusa que a Carrie le va a gustar. También le he pedido que nos perdone y le he deseado buena suerte de parte de los dos.

–¿Y crees que va a haber alguien que crea semejante tontería? –preguntó Rhianna con voz ronca.

–¿Por qué no? Además, en este caso, estoy convencido de que el fin justifica los medios.

–No estoy de acuerdo –dijo ella–. Así que te agradecería mucho que le dieras la vuelta a esta cárcel flotante y me llevaras de vuelta a Polkernick.

–De eso ni hablar, cielo –contestó Alonso–. Tú

vienes conmigo. Puede que no sea el compañero que habrías elegido, pero el tiempo pasará volando. Antes de que te des cuenta, estarás en un vuelo de regreso a Londres.

—El rapto es un delito –declaró ella–. La gente acaba en la cárcel por este tipo de cosas.

—No se trata de un rapto, sino de una escapada romántica para dos personas que se desean con pasión – Alonso sonrió fríamente–. Al menos, eso es lo que cree todo el mundo. No olvides que saliste del hotel conmigo por voluntad propia y que nadie te ha oído gritar en el puerto. Yo no te he obligado a venir.

—Pero sí a quedarme. Y me has encerrado bajo llave.

—¿En serio? ¿No será que el cerrojo de la puerta ha fallado?

—Sin duda, eso es lo que confirmaría Enrique –dijo Rhianna amargamente–. Sin embargo, da igual porque ahora quiero marcharme. Ni siquiera tengo que volver a Polkernick, si te resulta inconveniente. Puedes dejarme en cualquier puerto de la costa y te prometo que no te denunciaré.

—La sugerencia es tentadora, pero no. Vamos a navegar juntos –contestó Alonso.

—¿Por qué? ¿Qué motivo tienes para hacer esto? – preguntó ella en voz baja–. No lo comprendo.

Alonso se enderezó, se apartó de la puerta y se acercó a ella.

—Para asegurarme de que la boda de Carrie, a pesar de lo poco que pueda gustarme, se celebre. Para evitar que tú hagas dramáticas revelaciones, impidiéndola.

Los ojos de Alonso se endurecieron al añadir:

—La verdad, Rhianna, es que no creo que se pueda confiar en ti. Aunque no te dieras cuenta, ayer sorprendí una conversación entre Simon y tú.

–¿Y oíste lo que dijimos? –preguntó ella con voz espesa.

–Naturalmente que sí –respondió Alonso con dureza–. Fue una conversación muy reveladora. Por fin, todo encajaba.

Alonso le lanzó una mirada desdeñosa y continuó:

–No sé si el hecho de que el novio te haya dejado embarazada es la clase de «impedimento» que la Iglesia contempla, pero no quiero averiguarlo. No podía arriesgarme a que montaras una escena en el último momento, Rhianna. Por lo tanto, decidí alejarte de allí. E, irónicamente, la madre de Simon ha sido la persona que me ha proporcionado la excusa perfecta.

–Qué suerte –dijo ella con voz ronca–. ¿Y si no lo hubiera hecho?

–Ya me habría inventado otra cosa –dijo él, lanzándole una cínica mirada–. De todos modos, este viaje no va a durar mucho. Tendrás tiempo de sobra para abortar. Supongo que ya has concertado la cita, ¿no?

–Sí –respondió ella, forzando las palabras.

–Estupendo. En cualquier caso, no deja de sorprenderme la clase de mujer en la que te has convertido.

–Me he convertido en una actriz profesional bien pagada –dijo ella fríamente–, y no me avergüenzo de ello. Y tampoco me dedico a acostarme con cualquiera. Como tú bien sabes, cenar con un hombre es una cosa; sin embargo, para acostarme con un hombre, tengo que estar enamorada.

Alonso tensó la mandíbula.

–En ese caso, deja que te tranquilice. Al mencionar una «luna de miel por adelantado», no lo decía literalmente. Yo nunca aceptaría los restos que dejara en el plato Simon Rawlins.

–No me cabe duda de ello –contestó Rhianna–.

Pero a mí se me presenta un problema: como habrás notado, soy bastante famosa; si se nos ve juntos, ya sea en Francia, España o en cualquier otra parte, puedes imaginar lo que se pensará.

–Es posible –dijo él–. Pero saldrán de su error cuando más tarde nos vean a cada uno por su lado.

–Y sé que se pensará que soy una querida tuya de la que te has deshecho –dijo ella en tono cortante–. Hablando de titulares de revistas, puedo imaginar perfectamente lo que dirán: «Lady Ariadne rechazada. Millonario repudia a la sex symbol de televisión». Pero a mí no me viene bien la mala publicidad y creo que a ti tampoco.

Rhianna hizo una pausa y añadió:

–Sobre todo, si la gente empieza a escarbar y descubre escándalos pasados. ¿Cuánto tiempo crees que tardaría el periodista ese del *Duchy Herald* en descubrir que mi madre era la amante de tu padre? ¿Que mi madre traicionó a una mujer enferma que tenía plena confianza en ella, que destrozó su matrimonio y la condujo a una depresión nerviosa? Motivo por el que, aún, Esther Penvarnon continúa en el exilio a pesar de estar viuda.

Rhianna respiró profundamente y preguntó:

–¿No sigue siendo esa la versión oficial?

–Tú, por supuesto, tienes otra versión de los hechos.

–Desde luego, tengo otra visión de mi madre. Tú no la llegaste a conocer.

–No. Ni tú a la mía.

–Cierto. Sin embargo, de lo que estoy segura es de que no le gustaría ver trapos sucios desenterrados como telón de fondo de nuestra supuesta relación.

–Desde luego –respondió él–. Por lo tanto, me aseguraré de que nuestra «supuesta relación» se mantenga en secreto, y te aconsejo que hagas lo mismo. No se me ha escapado la amenaza velada de tu último comentario.

Alonso hizo una pausa antes de continuar:

–No tengo pensado pasearme contigo por las calles de Barcelona ni tomar el sol desnudo contigo al borde de una piscina en la Costa Azul. Los paparazis no pueden abordar este barco y aquí es donde te vas a quedar hasta que se celebre la boda y la feliz pareja esté lejos, donde tú no puedas ponerte en contacto con ellos.

Alonso le sonrió fríamente mientras se daba la vuelta para marcharse. Delante de la puerta, se detuvo y volvió la cabeza.

–Tal y como están las cosas, ¿no crees que deberías haber seguido mi consejo y haberte quedado en Londres? Piénsalo, Rhianna.

–Tal y como están las cosas, ¿no habría sido mejor que tú y yo no nos hubiéramos conocido? Piénsalo, Alonso.

La puerta se cerró tras él y ella oyó el cerrojo. Durante un momento se quedó inmóvil; después, respiró profundamente y se cubrió el rostro con las manos.

«Dios mío, ¿qué puedo hacer? ¿Cómo voy a soportar esto? ¿Qué puedo hacer?»

Pero no obtuvo respuesta.

Capítulo 6

POR qué demonios se le había ocurrido sacar a relucir el pasado? Los dos sabían lo que había ocurrido y nada podría cambiarlo, un hecho con el que ella había vivido durante los cinco años transcurridos desde que se enterara de la verdad.

Desde el verano en el que su vida cambió para siempre.

Había pasado ya el día de su decimoctavo cumpleaños, en el que había recibido una tarjeta de felicitación de su tía, como de costumbre, y había salido a celebrarlo con Carrie y unas compañeras del colegio a Falmouth. También había terminado los exámenes finales y estaba esperando las notas, aunque realmente daba igual porque su tía Kezia se había negado en redondo a permitirle solicitar una plaza en la universidad, al contrario que Carrie, que esperaba ingresar en Oxford.

—Es hora de que empieces a trabajar —le había dicho su tía—. Es hora de que empieces a ganarte la vida.

Y tan pronto como las puertas del colegio se cerraron, su tía Kezia le había encontrado un trabajo temporal en el café Rollo, donde trabajaba muchas horas y le pagaban poco. La señora Rollo era una bruja y, después de pagar el alojamiento y la comida, le quedaba muy poco dinero del duro trabajo que realizaba.

La única luz en el horizonte era la fiesta de cum-

pleaños de Carrie, que también iba a cumplir dieciocho años y que iba a celebrarse en su casa.

Y Simon iba a asistir a la fiesta.

Casi no le veían desde que había ingresado en la
universidad de Cambridge dos años atrás. Aunque iba
a Polkernick de vez en cuando durante el verano, sus
estancias eran breves e iba acompañado de amigos, y
amigas, de la universidad, y pasaba el tiempo con
ellos.

El instinto le había dicho a Rhianna que a Carrie
eso debía hacerla sufrir, a lo que había que añadir que
las cartas que Carrie le enviaba a Simon raramente
eran contestadas.

–Lo que pasa es que está muy ocupado con los estudios –le había dicho Carrie, a pesar de que sus cla-
ros ojos estaban ensombrecidos.

Pero Rhianna no estaba convencida, la imagen que
tenía de Simon no era tan perfecta como en el pasado.
Y se preguntó si iría acompañado a la fiesta de Carrie,
aunque esperaba con toda su alma que no fuera así.

Por supuesto, Carrie la había invitado, aunque no
asistiría a la cena previa al baile; claramente, la madre
de Carrie lo había vetado.

Carrie se había comprado el vestido más bonito del
mundo, y el suyo no podría compararse al de su amiga. Sin embargo, en Truro había encontrado un vestido en una tienda de segunda mano; era un vestido ne-
gro con tirantes de tejido sedoso. También en la
misma tienda había encontrado unas sandalias que
iban bien con el vestido.

Estaba muy bien con ese atuendo, pensó Rhianna
mirándose al espejo antes de marcharse a la fiesta. Y
se estaba dando la vuelta cuando, de repente, la puerta
de su habitación se abrió bruscamente y su tía entró.

–Faltan camareras para la cena de esta noche –le

dijo su tía mientras la miraba con expresión burlona–. Una de las camareras se ha puesto enferma, por lo que yo le he dicho a la señora Seymour que tú ocuparías su puesto.

Rhianna se quedó perpleja.

–No puedo, Carrie me ha invitado al baile –protestó Rhianna–. Lo sabías. Y sabías que había comprado este vestido y los zapatos para la fiesta.

–Sí, un desperdicio de dinero –su tía le tiró encima de la cama un oscuro uniforme de camarera con delantal blanco–. Bien, señorita, lo que está claro es que no vas a vestirte como una prostituta esta noche. Así que cámbiate y ve a la casa porque los invitados están a punto de llegar. Y recógete el pelo.

Después de que su tía se marchara, con un nudo en la garganta y haciendo un esfuerzo por contener las lágrimas, Rhianna se quitó el vestido y se puso el uniforme. A continuación, se recogió el pelo en una coleta y se puso los zapatos planos que llevaba para trabajar en el café.

Cuando Carrie se encontró con ella en la casa, no pudo evitar mostrar su consternación.

–No puedo creerlo –dijo Carrie furiosa–. ¿A qué están jugando tu tía y mi madre?

–A demostrarme cuál es mi sitio, creo –Rhianna dio un abrazo a su amiga–. No te preocupes.

Fue una prolongada velada. Rhianna pasó bandejas con bebidas y canapés entre los invitados; después, ayudó a servir la cena.

Una de las primeras personas a las que vio entre los invitados fue a Simon.

–¡Dios mío! –exclamó él mirándola de arriba abajo; después, sonrió traviesamente–. No sabía que se trataba de una fiesta de disfraces, Rhianna.

El amigo que acompañaba a Simon se echó a reír

mientras la miraba de una forma que a Rhianna no le gustó. Y le gustó aún menos luego, cargado de alcohol.

Durante la velada también había visto a Alonso Penvarnon, que había llegado tarde. Nada más verle deseó que se la tragara la tierra, pero él no parecía haber advertido su presencia, por lo que pensó que quizá el uniforme de camarera la hacía temporalmente invisible.

Aunque, por supuesto, a él no debía importarle que ella estuviera allí como amiga o como camarera, se recordó Rhianna a sí misma.

Se estaba aproximando la medianoche cuando Simon se le acercó.

–¿Vas a bailar conmigo? –le preguntó, inclinándose hacia ella, su rostro congestionado.

–Por favor, Simon. No puedo –murmuró ella–. Estoy aquí trabajando y la señora Seymour no me quita los ojos de encima.

Entonces, alzando la voz, Rhianna añadió:

–¿Desea alguna cosa, señor?

–Sí. Baila conmigo y te lo diré –Simon le sonrió maliciosamente.

–Simon, esto no tiene ninguna gracia. Vete, por favor.

–Pobre Cenicienta –dijo él–. De todos modos, no podemos permitir que te pases toda la noche de esclava. Te mereces un poco de diversión. Y, por lo menos, debes brindar con champán por el cumpleaños de Carrie, igual que todo el mundo. A Carrie le gustará. Verás lo que vamos a hacer, iré a por una botella y nos reuniremos en los establos dentro de diez minutos. ¿Qué te parece?

Rhianna se mordió los labios.

–Está bien, de acuerdo. Pero solo puedo quedarme unos minutos.

Cuando Simon se alejó, Rhianna miró a su alrededor. Si solo se ausentaba unos minutos, no creía que la echaran en falta. Ya nadie quería comer más y su tía Kezia estaba ocupada en la cocina supervisando la limpieza. Además, si se enteraban, Carrie la defendería.

Solo la luna iluminaba el patio de los establos. Ahora hacía más frío y Rhianna se abrazó a sí misma, temblando un poco.

–Carrie… –dijo en voz suave.

–Aquí –respondió Simon.

Lo encontró dentro de los establos en desuso, apoyado contra una pared. Rhianna, sorprendida, vio que estaba solo. Llevaba la corbata desabrochada y en la mano una botella de champán descorchada.

–Bueno, por fin estás aquí –dijo él con voz algo pastosa–. Vamos a celebrarlo.

–¿Dónde está Carrie?

–Carrie está representando su papel de hija obediente y anfitriona perfecta –respondió él con una carcajada casi burlona–. ¿Dónde si no?

–En ese caso, creo que será mejor que yo vuelva a mi puesto de camarera perfecta –dijo ella–. Además, con o sin Carrie, no tengo tiempo para celebraciones.

–Vamos, Rhianna, relájate –Simon dejó la botella, se apartó de la pared y se le acercó.

A juzgar por el olor de su aliento, Simon había bebido demasiado y ella retrocedió.

–No, gracias.

–Vamos, cielo. No finjas, te gusto desde hace años, lo sé por una chica de tu colegio. Y tú no estás nada mal…

Rhianna empezó a sentirse sumamente incómoda.

–Simon, tengo que volver.

Simon la agarró por el brazo y tiró de ella hacia sí.

–Vamos, sé buena conmigo. Sabes que quieres hacerlo.

De repente, Rhianna se encontró pegada a él. Intentó decirle que la soltara, pero la boca de Simon ahogó sus palabras mientras sus manos tiraban de los botones del uniforme.

Entonces, a sus espaldas, se oyó la fría voz de un hombre:

–Ah, estabas aquí, Simon. Te estaban buscando; sobre todo, Carrie. Además, tu amigo Jimmy está borracho y poniéndose en evidencia.

Con horror, Rhianna se dio cuenta de que la voz pertenecía a Alonso Penvarnon, que los miraba fijamente.

Simon la soltó bruscamente y se dio media vuelta.

–¿Y qué puedo hacer yo? –preguntó Simon a la defensiva.

–Tú le has traído, tú te las arreglas con él –contestó Alonso–. Apenas puede tenerse en pie. Y ahora, vete, por favor. Siento haber estropeado tu agradable descanso, pero la madre de Carrie está disgustada. Y Carrie también.

Simon se encogió de hombros, casi irritado.

–Ya sabes cómo son estas cosas –dijo Simon sonriendo y lanzando una mirada a Rhianna–. Si te lo ponen en bandeja… Sobre todo, cuando lo que se ofrece está tan bien empaquetado.

Simon se marchó con paso nada firme.

«Ha hecho como si venir aquí hubiera sido idea mía», pensó Rhianna mientras le veía alejarse. «Como si hubiera sido yo la que quería esto».

Rhianna se volvió hacia Alonso, siguió la dirección de su mirada y se dio cuenta de que tenía el vestido desabrochado casi hasta la cintura.

–¡Dios mío! –exclamó ella. Entonces, con manos temblorosas, comenzó a abrocharse.

–Un poco tarde para tanta modestia, ¿no? –dijo Alonso con voz dura.

–No tiene por qué quedarse mirando –respondió ella–. Y ahora tengo que volver al trabajo.

–No –dijo Alonso–. Ya has terminado por esta noche. Vete a la cama.

–¿Es… una orden, señor?

–Sí, lo es –Alonso hizo una pausa–. Pero antes dime, ¿qué ha sido esto, un regalo de cumpleaños para Carrie? ¿Querías destrozarle el corazón? Porque eso es lo que habría ocurrido si hubiera venido ella en vez de yo.

Alonso sacudió la cabeza y añadió:

–Y esto viniendo de la persona que mejor sabe lo que Carrie siente por Simon, Rhianna. De ahora en adelante, no vuelvas a acercarte a Simon… es otra orden.

Las palabras de Alonso la hicieron temblar. ¿Qué podía decir en su defensa? Además, cuando Simon la había agarrado, ella se había quedado tan sorprendida que ni siquiera le había intentado apartar de sí, y Alonso lo había visto.

Rápidamente, se dispuso a marcharse, a alejarse de él. Pero al pasar por su lado, Alonso la agarró del brazo, deteniéndola.

El brillo plateado de los ojos de Alonso era sombrío al preguntarle:

–¿Tan poco respeto te tienes a ti misma que estás dispuesta a hacer el amor en un viejo establo con el novio de otra chica? Me decepcionas.

–Y, por supuesto, decepcionarle a usted es lo último –le espetó ella con enfado y amargura–. Pero la verdad es que las cosas no habrían llegado tan lejos.

–¿Crees que tenías el control de la situación? –preguntó él con desdén–. No, no lo creo. Si yo no te hubiera seguido hasta aquí, podrías haberte metido en un buen lío.

–Es muy amable por su parte tomarse tanto interés por la vida privada de una empleada –dijo ella con voz tensa–. No obstante, no es necesario que lo haga. Puedo cuidar de mí misma.

–¿En serio?

–Sí, en serio –y Rhianna intentó no pensar en la presión de la boca de Simon.

De repente, Alonso la hizo darse la vuelta y la empujó contra la pared. Después, colocando una mano en el muro, se inclinó sobre ella mientras, con la otra mano, le acariciaba la barbilla y la mandíbula.

–¿Estás segura de ello?

Rhianna le miró a los ojos, tan pálidos como la luz de la luna, pero con una expresión que no había visto nunca. De repente, se dio cuenta de que estaba asustada y excitada en igual medida.

–Demuéstramelo –Alonso bajó la cabeza y, colocando la boca sobre la de ella, empezó a acariciarle los labios suave y sensualmente.

No era la primera vez que la besaban, aunque no la habían besado mucho y tampoco bien. En una fiesta del colegio, unos compañeros habían probado suerte con ella durante el baile. Rhianna había aceptado esas incursiones de buen humor y con resignación, aunque no con placer. Pero había dejado muy claro que no estaba dispuesta a repetir la experiencia.

Pero eso… eso era totalmente diferente. Mientras Alonso profundizaba el beso, comenzó acariciándole el cuello para luego bajar la mano hasta cubrirle un pecho.

Ella reaccionó instantáneamente, perpleja por la intensidad de lo que sentía. De repente, deseó rodearle el cuello con los brazos y sentir su calor y la dureza de su virilidad contra su cuerpo. Quería devolverle el beso y mucho más. Quería sentir las caricias de Alon-

so en su piel desnuda y demostrarle que estaba dispuesta a hacerse una mujer. La mujer de él, si Alonso
lo deseaba.

Pero no pareció ser así.

En vez de poseerla, Alonso levantó la cabeza y,
tras retroceder unos pasos, se la quedó mirando.

–Creo que sobrestimas tus niveles de resistencia,
Rhianna. Alégrate de que a mí no me gusta aceptar caramelos de niños; de lo contrario, pasarías la noche en
mi cama y no en la tuya. Lo que es una muy mala idea
y por diversos motivos. Y ahora, márchate y no te
busques problemas con los hombres porque, si lo haces, seguro que los encontrarás.

Alonso se dio media vuelta y se marchó, ella se
quedó donde estaba, apoyada contra la pared y con las
piernas temblándole.

Y, en ese momento, se encendió una luz que ilumi-
nó el patio entero, y pudo ver a Alonso Penvarnon
cruzándolo camino hacia la casa.

Rhianna, sorprendida, volvió la cabeza y vio la oscura silueta de su tía en una de las ventanas del piso.
No podía verle la cara, pero el instinto le dijo que había salido de un problema para meterse en otro.

Con desgana, se dirigió hacia la puerta de la casa y
entró. Kezia Trewint estaba en el cuarto de estar, en
sus ojos pudo ver pura ira.

–Vaya, has estado con él –dijo su tía–. Otra Carlow a la caza de un Penvarnon. Justo lo que pensaba
que pasaría.

–¿Qué… qué quieres decir?

–Quiero decir que has estado con el señor Alonso.
Eres una cualquiera, igual que tu madre, que dejó en
vergüenza a toda la familia. Y has tenido que elegirle
a él.

–No, no ha sido así…

–¿Te crees que nadie se ha dado cuenta de que has salido de la casa a escondidas y que él te ha seguido? ¿Crees que la señora Seymour y yo no hemos ido detrás de él? ¿Crees que no os hemos visto con nuestros propios ojos? Es lo que todos esperábamos que pasara desde que viniste. La hija de Grace Carlow y su viva imagen. Al parecer, el señor Alonso se ha preguntado qué era lo que Ben Penvarnon tuvo y quería probar el mismo bocado.

Los ojos de Kezia Trewint se clavaron en los botones del uniforme, no todos ellos abrochados. Su carcajada fue descarnada.

–Pero aquí se acaba todo, eso te lo prometo. Porque él no es como su padre, no te va a poner un piso en Londres y te va a mantener a cambio de placer. El señor Alonso te ha utilizado y se olvidará de ti porque no puede hacer otra cosa, porque ella podría enterarse y él no puede correr ese riesgo.

Rhianna se quedó mirando a su tía y sintió un intenso frío repentinamente.

–No entiendo nada –dijo Rhianna–. ¿De qué estás hablando? ¿Quién es ella? ¿Y qué estás diciendo de mi madre?

–Tu madre era la amante de Ben Penvarnon, comprada y mantenida –le dijo su tía–. Y todo el mundo lo sabe. Y que Dios me perdone porque fui yo quien la trajo a esta casa, a cuidar de una mujer enferma. ¿Y qué hizo tu madre? Mientras fingía preocuparse por la salud de la mujer a la que se suponía que estaba cuidando se estaba acostando con su marido en la casa de la playa o en el monte. Y tú acabas de hacer lo mismo con su hijo.

–Eso es mentira. Y tampoco creo ni una palabra de lo que has dicho de mi madre –a Rhianna le estaba costando respirar–. Mi madre estaba enamorada de mi padre.

–¿Qué sabía tu madre sobre el amor? –su tía le lanzó una furiosa mirada–. Lo único que sabía tu madre era divertirse y sacarle todo lo que podía al marido de otra mujer. Pero después de que él falleciera, como ya no tenía de donde sacar, se buscó a otro para que la mantuviera.

Kezia apretó los labios antes de continuar:

–Y tú vas a tener que hacer lo mismo, señorita. No creas que, después de lo que ha pasado esta noche, vas a quedarte aquí. La señora Seymour no lo permitiría. Eres un insulto a su hermana y el señor Alonso debe haberse vuelto loco para hacer lo que ha hecho después de todo lo que sabe.

–Pero si no ha pasado nada –protestó Rhianna desesperadamente–. No ha pasado lo que tú piensas.

«Pero podría haber pasado», pensó Rhianna. «Ha sido él quien ha parado, no tú».

–Y no va a pasar –dijo su tía–. Ya puedes empezar a hacer las maletas. Sabía que esto iba a acabar mal. Debería haberte echado hace dos años, cuando cumpliste los dieciséis, en vez de hacerle caso a esa profesora tuya que insistió en que acabaras los estudios. Fui una tonta al hacerle caso. Sin embargo, ya no vas a ocasionar más problemas, mañana mismo te vas.

«¿Adónde voy a ir?», quiso preguntar Rhianna. «¿Qué voy a hacer? ¿De qué voy a vivir mientras me busco un trabajo y un sitio donde estar?»

Pero, por supuesto, no hizo esas preguntas en voz alta. No iba a discutir y no iba a suplicar.

«Sé cuidar de mí misma», había dicho y eso iba a hacer.

A la mañana siguiente, estaba terminando de hacer la maleta cuando Carrie asomó la cabeza en la habitación.

–No te preocupes, tu tía está en la casa –le dijo Carrie, y sus ojos se agrandaron al ver la maleta–. Dios mío, es verdad, te marchas. He oído a mis padres discutiendo en el estudio esta mañana y, al parecer, ha habido otra pelea entre Alonso y mi madre, y él se ha marchado a no sé dónde dando un portazo. Le he oído decir a mi madre que tú tenías que marcharte mientras papá trataba de razonar con ella. Dime, ¿qué ha pasado?

Rhianna se mordió los labios.

–Tu primo Alonso me besó anoche –dijo Rhianna tratando de no darle importancia–. Tu madre y mi tía lo vieron y ya ves.

Carrie se quedó boquiabierta.

–Pero eso no ha podido tener importancia tratándose de Alonso –protestó Carrie, sentándose en la cama–. Él ha debido sentir pena por ti por lo de estar de camarera anoche y ha intentado ser amable contigo otra vez. Rhianna, enfréntate a ello, eres demasiado joven para él. Alonso sale con mujeres que van a la ópera y a las que les sacan fotos en las carreras de Ascot. Mamá lo sabe.

–Sí –dijo Rhianna, tratando de ignorar la repentina angustia que se le había agarrado al estómago–. Pero también sabe que mi madre tuvo relaciones con tu tío Ben y no quiere que la historia se repita.

Carrie se quedó perpleja.

–¿Cuándo te has enterado?

–Anoche, justo antes de que me echaran. En cierto modo, es un alivio descubrir por qué me han tratado todos estos años como si tuviera la lepra –Rhianna miró a Carrie–. ¿Tú no lo sabías, no lo sospechaste nunca?

Carrie sacudió la cabeza.

–No, te lo juro. Pero ahora empiezo a comprender

cosas que no entendía, como que me dijeran, cuando preguntaba por qué no venía nunca mi tía Esther aquí, que era demasiado joven para comprenderlo –Carrie sacudió la cabeza–. Pero eso no es culpa tuya. Y el tío Ben debió morir al menos cuatro años antes de que tú nacieras, así que no entiendo qué tienes tú que ver con eso.

Carrie hizo una pausa antes de añadir:

–Ahora que lo pienso, me acuerdo haberle oído decir una vez a la señora Welling que el tío Ben era un mujeriego, antes y después de que se casara con la tía Esther. Así que puede que la culpa no fuera de tu madre.

El rostro de Rhianna se ensombreció.

–Al parecer, tu tía estaba enferma y mi madre estaba cuidándola cuando empezó todo –Rhianna suspiró–. No puedo creer que una persona tan buena y tan cariñosa como mi madre se aprovechara de una mujer enferma y le quitara el marido a propósito.

Rhianna metió un pequeño neceser en el bolsillo exterior de la maleta.

–¿Qué le pasaba a Esther Penvarnon? ¿Lo sabes?

–No –Carrie frunció el ceño–. Según mi madre, lo pasó mal cuando Alonso nació y nunca llegó a recuperarse. Al parecer, la tía Esther pasó mucho tiempo en una silla de ruedas. Aunque tengo que añadir que la señora Welling decía que mi tía podía andar perfectamente si quería. Según palabras textuales de la señora Welling, mi tía debería «haberse levantado y haberse dedicado a ser la señora Penvarnon y habernos ahorrado a todos un montón de problemas».

Carrie hizo una pausa antes de continuar:

–Sobre todo, a ti –su expresión se tornó obstinada–. No es posible que te echen a la calle sin más y sin un sitio adonde ir.

–Sí tengo donde ir, en Londres –Rhianna forzó una sonrisa–. ¿Te acuerdas del matrimonio Jessop, los que me cuidaron cuando murió mi madre? Nos hemos mantenido en contacto y, durante todos estos años, me han pedido que fuera a visitarlos, pero yo no podía porque a mi tía le parecía demasiado caro el viaje. Bueno, pues les he llamado por teléfono esta mañana y me van a ir a recoger a Paddington, aunque antes tengo que decirles en qué tren voy. Y me han dicho que me puedo quedar a vivir con ellos hasta que encuentre trabajo y pueda ganarme la vida por mí misma.

–Vaya, gracias a Dios –Carrie suspiró aliviada–. De todos modos, sigo pensando que nuestra familia te ha tratado muy mal, incluido Alonso. Si quería besar a alguien, ¿por qué no besó a Janie Trevellin? Al fin y al cabo, el año pasado salían juntos y mi madre creía que iban a casarse.

Carrie se encogió de hombros y añadió:

–Pero nada, falsas esperanzas –Carrie sonrió traviesamente–. Según la señora Welling, los hombres Penvarnon siempre han sido muy inquietos, nunca han estado contentos con estar donde estaban, siempre queriendo estar en otro sitio. Según palabras textuales «difíciles de atar y más difíciles de mantener atados».

–En ese caso, puede que Janie Trevellin deba sentirse afortunada –dijo Rhianna haciendo un esfuerzo por mantener un tono ligero.

–No creo que sea eso lo que piense –Carrie vio a Rhianna cerrar la maleta–. ¿Estás segura de lo que vas a hacer? Quizá se hayan calmado las cosas y…

–No –le interrumpió Rhianna–. Además, no tenía intención de quedarme aquí toda la vida, así que puede que, al final, haya sido una suerte que me hayan echado.

–Ya –dijo Carrie, nada convencida–. Tienes mi número de teléfono móvil, ¿verdad? Llámame para decirme que has llegado bien y para darme tu dirección y tu teléfono. Oxford está mucho más cerca de Londres que de aquí, así que podremos vernos con más frecuencia.

Rhianna suspiró profundamente.

–A propósito, ¿cómo vas a ir a la estación? No puedes ir andando.

–No tengo más remedio, no puedo permitirme el lujo de un taxi.

–Yo te llevaré –dijo Carrie con firmeza–, en el coche de mi madre. Y también le voy a pedir el dinero que te debe por haber trabajado ayer de camarera.

Rhianna enrojeció visiblemente.

–Por favor, no lo hagas. Creo que es mejor olvidarlo. Además, no quiero nada de tu madre. No quiero nada de nadie.

Pero después, en la estación, Carrie se sacó del bolsillo un fajo de billetes y se los dio.

–Para ti –dijo Carrie–. Es de parte de mi padre y me ha dicho que te desee lo mejor.

Rhianna se quedó mirando el dinero con incredulidad.

–¡Son quinientas libras! No puedo aceptarlo.

–Ha dicho que te lo quedes –Carrie la miró fijamente–. Al parecer, el tío Ben le dejó a tu madre algún dinero en su testamento, pero tu madre se negó a aceptarlo. Esto, en comparación, no es nada; sin embargo, papá me ha dicho que se sentiría mucho mejor sabiendo que no te marchas sin un céntimo.

–Es un detalle maravilloso –dijo Rhianna, a punto de echarse a llorar.

Todo lo contrario que su tía, que le había dicho en tono seco y cortante:

–Así que ya te vas, ¿eh? Acabarás cayendo en lo más bajo, es lo que siempre les pasa a las mujeres como tú.

Y esa fue la última vez que Rhianna vio a su tía.

Capítulo 7

AHORA, de vuelta a la realidad, Rhianna levantó la cabeza y se dio cuenta de que estaba llorando. Debía de ser la tensión nerviosa, se dijo a sí misma. Una reacción natural teniendo en cuenta lo extraño de la situación y, por supuesto, no había sido el mejor momento para despertar recuerdos del pasado. Sobre todo, cuando debía concentrar todas las energías en salir del lío en el que estaba.

Y, sin embargo, los últimos cinco años no habían sido malos, sino todo lo contrario. Había atesorado muy buenos recuerdos: la amabilidad y el cariño del matrimonio Jessop; su amistad con Carrie; y la maravillosa Marika Fenton, una actriz jubilada que había dado clases de arte dramático en la escuela local y que la había ayudado mucho en su carrera.

Había escrito con regularidad a su tía Kezia, pero nunca recibió respuesta; por fin, se enteró de que su tía había muerto de un repentino ataque al corazón, justo cuando Rhianna le había escrito una carta diciéndole que le habían dado un papel principal en la serie de televisión *Castle Pride*.

Al día siguiente de recibir una carta de Francis Seymour anunciándole el fallecimiento de su tía, Rhianna había empezado a ensayar su papel de lady Ariadne en la serie. Y, el resto, era historia.

Por fin, Rhianna se levantó del sofá, se puso el camisón y se acostó.

Había luz plena cuando unos golpes en la puerta la despertaron y Enrique entró en la habitación con una bandeja en la que había un servicio de café.

–Buenos días, señorita –dijo Enrique en tono respetuoso–. Hace un día precioso, con sol y el mar tranquilo. El señor espera que se reúna con él a desayunar.

–Gracias.

Cuando volvió a quedarse sola, Rhianna se recostó en las almohadas, pensativa. En cuestión de unas horas, la ceremonia nupcial habría llegado a su fin. Solo le quedaba rezar por que Simon hubiera sido sincero al decir que amaba a Carrie.

Ciudad del Cabo estaba lo suficientemente lejos para procurarles a los dos un nuevo comienzo, sin la posibilidad de embarazosos encuentros accidentales en la calle, en alguna fiesta, en el teatro o en un bar.

«La vida Londinense», pensó. «Antes o después, te encuentras con alguien, como sé muy bien…»

«Deja de pensar esas cosas», se amonestó a sí misma en silenciosa conversación. «Hoy vas a tener un día difícil y necesitas tener la mente despejada, así que para».

Con decisión, agarró la taza de café, bebió y se sintió mejor. Una ducha también la ayudó. Después, tuvo que elegir qué ponerse de su limitado guardarropa.

Acabó decidiéndose por unos pantalones cortos blancos y la camisa a rayas verdes y blancas que había llevado el día anterior; luego, se calzó unas alpargatas.

Tras cepillarse el pelo y recogérselo en la nuca con una cinta elástica, se acercó a la puerta. Esta vez, al girar el picaporte, se abrió sin dificultad.

Rhianna encontró a Alonso en la cubierta, sentado a una mesa plegable; junto a la mesa había dos sillas, una de ellas la ocupaba él. Alonso iba vestido con unos viejos pantalones cortos de color crema y una gastada camisa polo de color rojo, y sus ojos estaban protegidos por unas gafas de sol.

Alonso estaba examinando la pantalla de un pequeño artilugio de alta tecnología que tenía en la mano y ella pensó en lo mucho que le gustaría agarrar el aparato y tirarlo al mar.

Al verla aproximarse, Alonso apagó el aparato y se puso en pie educadamente.

–Buenos días. Espero que hayas dormido bien –dijo él.

–No, pero es normal, dadas las circunstancias.

Alonso arqueó las cejas.

–¿Por la tensión de los últimos días? ¿Es por eso?

Rhianna pensó en las angustiadas llamadas telefónicas, en los amargos ataques de rabia, en las amenazas de suicidio y en todas esas noches en vela acompañadas de inconsolables e ininterrumpidos sollozos. Todo ello culminado con el reconocimiento de que Simon se había marchado y, con él, toda esperanza.

–No sabes ni la mitad –contestó ella.

–Una de esas circunstancias en las que la ignorancia es una bendición. Pero eres realmente buena actriz, querida; porque, cuando he ido a tu cuarto al amanecer, estabas profundamente dormida. Incluso creo que estabas roncando ligeramente. ¿Qué me dices?

Rhianna se encogió de hombros. Después, se sentó y desdobló su servilleta.

–Al parecer, si te dedicas a ir por ahí de madrugada, es que tú también padeces de insomnio –Rhianna sonrió sin humor–. ¿Problemas de conciencia?

–No, en absoluto –respondió Alonso–. Estas aguas están muy concurridas, y no quería que por un despiste nos chocáramos con un buque cisterna.

La llegada del atento Enrique le ahorró una contestación. Enrique puso en la mesa zumo de naranja recién hecho, una cesta de panecillos, huevos revueltos y más café.

–Espero que el aire del mar haya despertado tu apetito –comentó Alonso pasándole la pimienta.

–No lo sé, he pasado todo el tiempo encerrada en la celda en la que me has metido –respondió ella fríamente.

–Bueno, ya tienes completa libertad y puedes volver a respirar –Alonso le indicó unos binoculares que había en la mesa–. ¿Te gusta observar los pájaros? Es un buen día para ello, ahora que hemos dejado atrás la bruma de Brest.

–Me temo que tus planes de entretenimiento para mí en el barco están destinados al fracaso –contestó ella, haciendo un enorme esfuerzo por comer despacio los mejores huevos revueltos que había probado en su vida–. Yo no sé nada de pájaros.

–¿Te gustan los mamíferos? En el golfo de Vizcaya, podemos ofrecer, con tiempo bueno, una variada selección de delfines; o, con un poco de suerte, incluso alguna ballena.

–Con un poco de suerte no estaría aquí. Además, ¿por qué voy a querer ver yo una ballena?

–Porque son animales maravillosos –respondió Alonso con voz queda–. Además, algún día podrían ofrecerte un papel en una nueva versión de *Moby Dick* y, de esa manera, ya estarías familiarizada con el protagonista.

–Poco probable –dijo ella, negándose a sonreír–. No hay demasiados papeles femeninos en esa película.

–Estoy seguro de que la adaptarían para que tú pudieras trabajar en ella –Alonso sirvió más café–. Una chica en el *Pequod* que, poco a poco, se gana el corazón del capitán Ahab, le hace olvidar su empresa de venganza y entre los dos montan un restaurante de pescado y marisco en Nantucket.

–No, por favor, ni lo menciones siquiera. Alguien podría oírte.

–Si no ese, habrá otros papeles en el futuro para ti –dijo Alonso.

–Eso espero. No me gustaría que lo único con lo que se me identificara fuera con lady Ariadne –Rhianna se mordió los labios–. Pero, de momento, en lo único en lo que estoy pensando es en los nuevos capítulos de la serie.

–¿Y qué habría ocurrido con eso… si Simon, al final, te hubiera pedido que te casaras con él? ¿Y si Simon hubiera querido que tuvieras el bebé? ¿Qué habría pasado entonces con tu papel?

«Ten cuidado», se dijo Rhianna a sí misma en silencio. «Ten mucho cuidado. No quieres revelar nada».

Rhianna se encogió de hombros.

–Eso no podía ocurrir y no ha ocurrido –respondió ella–. Yo lo sabía y, por supuesto, Simon lo sabía también. Los dos habíamos tomado nuestras decisiones antes de que tú decidieras interferir. Al margen de lo que hayas podido ver u oír, o de lo que creas que sabes, yo no suponía un peligro para la boda.

Rhianna le sonrió fríamente y añadió:

–Así que tendrás que hacerte a la idea de que todo esto no ha sido más que una completa pérdida de tiempo, Alonso –Rhianna alzó la barbilla–. Por lo tanto, ¿por qué no te rindes, das la vuelta a este barco y me llevas de vuelta a Inglaterra?

Alonso se levantó de la silla.

–Porque es demasiado tarde para ello, Rhianna – dijo él con voz queda–. Siempre lo ha sido. Y si no lo

sabes, cielo, es porque no solo estás intentando enga-
ñarme a mí sino también a ti misma.

A pesar de la brisa del mar, Rhianna agradeció la
sombra que el toldo le proporcionaba tumbada en la
tumbona. Pero incluso en la sombra la ropa se le había
pegado al cuerpo mientras trataba de sumergirse en la
historia del libro que había metido en la maleta para el
viaje.

Sin embargo, no conseguía concentrarse. La vida
real se lo impedía, pensó mientras trataba de no mirar
en dirección a Alonso que, con el torso al descubierto,
estaba sentado delante de los controles del barco.

«¿Qué demonios me pasa», se preguntó a sí misma
en silencio. «He visto a montones de hombres con mucha menos ropa que la que él lleva. En realidad, a él
también le he visto con menos ropa, aunque era demasiado joven para apreciarlo, pero incapaz de olvidarlo».

¿Seguiría siendo esa imagen de él saliendo del
agua como un dios marino la que la acompañaría durante el resto de la vida o sería la de su fortuito encuentro unos meses atrás?

Como el momento en el que, durante la fiesta que
dieron los patrocinadores del programa, le vio. Alonso, charlando con el director de Apex y su esposa, no
había cambiado a pesar de haber transcurrido cinco
años desde la última vez que lo había visto.

Rhianna no había esperado volver a verle, por lo
que la sorpresa la dejó casi sin respiración y presa de
múltiples y contradictorias emociones. Después, siguiendo un impulso, se disculpó con la gente que estaba y se acercó a él.

A mitad de camino, casi se dio la vuelta.

«No sé qué voy a decirle», había pensado. «Ni siquiera sé cómo comportarme. ¿Debería mostrarme contenta de verle o no darle importancia? ¿Debería pararme solo a saludar antes de marcharme y tomar un taxi?»

Aún no se había decidido cuando sir John Blenkinsop la vio aproximándose.

–Ah, qué bien –dijo sir John sinceramente–. Alonso, permíteme que te presente a nuestra estrella, la encantadora joven que le está dando tanta fama a nuestra serie. Rhianna, querida, te presento a Alonso Penvarnon, un valioso cliente de Apex Insurance.

Se hizo un momentáneo silencio; entonces, Alonso dijo en tono agradable:

–La verdad, sir John, es que la señorita Carlow y yo ya nos conocemos. Y encantadora es ciertamente la palabra para describirla –los ojos de Alonso se pasearon por su cuerpo antes de bajar la cabeza y, tras tomarle la mano, darle un beso en la mejilla.

Tras enderezarse, Alonso añadió:

–Rhianna. Hace mucho tiempo que no nos vemos, ¿verdad?

–Sí, desde luego. Demasiado –ella logró forzar una sonrisa–. Supongo que esta es una de tus breves visitas al Reino Unido, ¿no? ¿Negocios o placer?

–Las dos cosas, como de costumbre –respondió él–. Acabo de volver de Polkernick.

–Sí, claro. ¿Cómo están todos?

Él le sonrió traviesamente.

–Ya sabes, la fiebre de la boda ha adquirido proporciones epidémicas –contestó Alonso–. Si alguna vez me caso, lo haré en un juzgado y a primeras horas de la mañana con la lista de invitados limitada a dos personas, los dos testigos.

–Tu novia te haría cambiar de idea inmediatamente –dijo sir John–. A las mujeres les encanta eso de vestirse de novias.

–En ese caso, tendré que disuadirla –comentó él antes de indicar con un gesto la copa vacía de Rhianna–. ¿Te traigo otra copa?

–Sí, cuida de ella, hijo –sir John se volvió a su esposa–. Marjorie, querida, Clement Jackson acaba de llegar y supongo que querrá hablar con nosotros un momento. ¿Te parece que dejemos a esta pareja charlando de sus cosas?

Rhianna se quedó inmóvil sintiendo una mezcla de excitación e incertidumbre mientras esperaba a que Alonso volviera con la copa de vino blanco seco que había pedido.

«No debería hacer eso», pensó Rhianna. «Debería poner una excusa y marcharme inmediatamente. Pero no puedo… no puedo…»

–Al parecer, lord Byron se despertó un día y descubrió que era famoso –comentó Alonso mientras le daba la copa de vino–. ¿Es lo que te ha pasado a ti?

–No, en absoluto –respondió Rhianna–. Además, tiene sus desventajas. Una se convierte en propiedad pública. La gente te ve en sus pantallas de televisión y se cree que te conoce.

–Qué optimistas –dijo Alonso con voz suave–. Pero es estupendo que hayas prosperado desde tu precipitada marcha de Polkernick, Rhianna. Tenía miedo de que, al verme, salieras corriendo otra vez.

–Creo que ahora soy más resistente –contestó ella fríamente.

«¿Lo soy» ¿Lo soy, cuando solo recordar eso de que no le quitabas caramelos a las niñas aún me afecta? ¿Cuando solo estando aquí a tu lado hace que me dé cuenta de que me estoy creando problemas?»

–Creo que sir John está intentando llamar tu atención. Quiere presentarte a alguien –Rhianna le dedicó una radiante sonrisa–. En fin, que disfrutes de tu estancia en Londres.

Rhianna se alejó sin mirar atrás, pero el corazón le golpeaba con fuerza.

«Le he visto», pensó. «He hablado con él y eso es todo. No tiene sentido albergar esperanzas ni desear que las cosas fueran distintas… porque eso nunca ha sido posible».

Estaba bajando las escaleras de mármol que conducían al vestíbulo principal de Apex Insurance para salir del edificio cuando le oyó llamarla.

Rhianna se detuvo y, con desgana, se volvió.

–Es evidente que por «resistente» no entendemos lo mismo, Rhianna, porque aquí estás, escapando otra vez.

–En absoluto –Rhianna alzó la barbilla–. Para mí, esta fiesta era trabajo, no placer. He venido para tener contentos a los patrocinadores y ahora me voy a mi casa tal y como tenía previsto. Tarea cumplida.

–En ese caso, cambia el plan –dijo él con voz queda–. Ven a cenar conmigo.

El corazón de ella pareció detenerse.

–¡Dios mío! –exclamó ella en tono ligero–. ¿A qué viene esto? ¿Acaso es un ejercicio en salvar distancias entre las clases sociales?

–Es un hombre pidiéndole a una mujer hermosa que pase un par de horas en su compañía –contestó Alonso–. ¿Necesitas analizarlo en profundidad? ¿Por qué no ver adónde nos lleva?

«Al desastre», pensó ella. «Así que dale las gracias educadamente y continúa tu camino. Eso es lo único sensato».

–No lo comprendo, eres el invitado de honor de sir John. ¿No se va a disgustar?

–No, ni tampoco se va a sorprender. ¿Me haces el honor de ser mi invitada?

E, increíblemente, Rhianna se oyó decir a sí misma:

–Sí… Yo… estaré encantada.

Rhianna, con una mezcla de temor e ilusión, sabía que no había hecho más que decir la verdad, que había perdido el sentido común en el momento de verle. Y sabía que estaba perdida.

–Esta tarde, te he visto nada más entrar en la fiesta –dijo Alonso cuando estaban sentados a la mesa de un restaurante italiano–. Solo hay una cabeza con un pelo como el tuyo en todo el universo. Me proponía ir a hablar contigo tan pronto como hubiera acabado de saludar a mi anfitrión.

Rhianna se llevó una mano al cabello.

–Se ha convertido en mi marca. Lo tengo que llevar suelto en mis apariciones en público, como esta noche. Y en mi contrato se estipula que me está prohibido cortármelo.

–Naturalmente, sería un delito contra la humanidad –y la sonrisa de Alonso fue como una caricia.

Rhianna no lograba recordar lo que había cenado aquella noche, aunque estaba segura de que debía de ser algo delicioso. Simplemente se había entregado al placer de estar con él.

Más tarde, cuando Alonso paró un taxi en la calle, ella, consciente de que era un error, le dijo con voz ronca:

–¿Quieres venir a mi casa a tomar un café… o una copa?

Y él respondió con voz muy queda:

–Gracias. Sí, de acuerdo.

En el taxi, cuando Alonso la tomó en sus brazos, ella se dejó sin oponer resistencia. Sus labios se abrieron bajo la urgencia del beso de Alonso, su cuerpo se apretó contra el de él.

Abrazada a Alonso, se alegró de no tener ya compañera de piso... de poder estar a solas con Alonso. Entonces, recordó que su preciosa intimidad le había costado mucho.

Y también pensó: «si Alonso se entera de lo de Simon...»

Pero el beso se hizo más intenso y dejó de pensar, su cuerpo entero poseído por un incontrolable deseo. Porque lo único que le importaba en el mundo era estar con él y la posibilidad de rendirse por fin a Alonso.

E ignoró el peligro que ello conllevaba.

–Señorita, señorita, venga; rápido, por favor –era Juan, sonriendo con ilusión–. Vamos, venga, señorita.

Volviendo al presente, Rhianna se levantó de la tumbona y siguió a Juan hasta el lado del barco en el que Alonso estaba esperando.

–¿Qué pasa? –preguntó ella bruscamente. Los recuerdos la habían dejado nerviosa e incómoda. Aunque, al menos, Alonso llevaba otra vez la camisa puesta.

–Mira, ahí –dijo Alonso.

Rhianna miró y, asombrada, vio los delfines con sus alegres saltos.

–Es maravilloso –dijo ella, sin poder fingir un sofisticado aburrimiento cuando tenía delante aquel espectáculo. Entonces, se apoyó en la barandilla y sonrió con placer–. ¿Has visto alguna vez algo tan bonito?

–No con frecuencia, excepto en sueños –respondió Alonso.

Y, con sorpresa, Rhianna se dio cuenta de que Alonso la estaba contemplando.

«Dios mío, ¿cómo puedes decir esas cosas después de todo lo que ha pasado? ¿Qué quieres de mí? ¿Es que no he sufrido suficiente?»

Rhianna continuó observando a los animales hasta que desaparecieron en la distancia.

–Bueno, parece que el espectáculo ha llegado a su fin –dijo Alonso–. Justo a tiempo, porque es la hora de comer.

–¿Más comida? –de nuevo con control sobre sí misma, ella le lanzó una mirada desafiante–. Creo que voy a necesitar estar a dieta una semana después de esto.

–Después de esto podrás hacer lo que quieras.

–Dime, ¿cuánto falta para llegar a donde sea que vamos?

Alonso arqueó las cejas.

–¿Es tan importante llegar a un sitio?

–Por supuesto –respondió Rhianna fríamente–. Porque cuanto antes lleguemos antes podré volver a casa. Aunque me he dado cuenta de que no estamos viajando con mucha rapidez.

–Esto es un crucero de placer, no una carrera. Sin embargo, llegaremos a Gijón mañana por la mañana.

–Nunca he oído hablar de ese sitio. ¿Tiene aeropuerto?

–No, pero tiene un puerto deportivo. Tú vas a tomar el avión en Oviedo –contestó él–. Y ahora que ya lo sabes, ¿te parece que comamos?

Rhianna quiso contestar que no tenía hambre; pero, de nuevo, la comida de Enrique resultó ser irresistible. El primer plato fue un arroz con verduras, de segundo tomaron pescado a la plancha con patatas asadas, y de postre fruta.

Alonso se miró el reloj.

–Ya deben de haber salido de la iglesia y el banquete estará a punto de empezar –comentó él–. ¿Te parece que brindemos por los novios?

–¿Por la feliz pareja? –preguntó Rhianna con ironía. Después, sacudió la cabeza–. No, creo que no.

Alonso guardó silencio un momento, sus labios endurecidos.

–Comprendo que no te haga ilusión –dijo él, levantando su copa de vino–. Entonces, por el matrimonio.

Y bebió.

–Perdona si no brindo contigo por el matrimonio tampoco.

Alonso, con repentina brusquedad, dijo:

–Le has perdido, Rhianna. Acéptalo –Alonso hizo una pausa–. ¿Café?

–No, gracias –Rhianna se puso en pie–. Creo que voy abajo un rato, ahí hace más fresco.

Sin embargo, una vez a solas en su habitación, sentada en el sofá, se dio cuenta de que no podía escapar de las imágenes del pasado… ni de la angustia y el sufrimiento que le provocaban.

Capítulo 8

SU casa estaba en el primer piso, y Alonso y ella habían subido las escaleras corriendo, riendo y con las manos entrelazadas.

En el vestíbulo, se habían besado apasionadamente. Él había pronunciado su nombre con voz ronca y, después, como un eco, lo había oído otra vez, pero la voz era diferente.

De repente, Rhianna se quedó de piedra. Después, se volvió con expresión incrédula y vio a aquella joven delgada y baja con el cabello revuelto, los labios temblorosos y los ojos hinchados por el llanto.

—¡Donna! —Rhianna tragó saliva—. ¿Qué estás haciendo aquí?

—Tenía que volver. No tenía otro sitio adonde ir —respondió la otra mujer con un sollozo—. Oh, Rhianna, lo siento. Por favor, trata de entender…

Entonces, como si de repente se diera cuenta de su presencia, miró a Alonso y añadió:

—Yo… creía que vendrías sola. No sabía que…

—No te preocupes —alguien estaba hablando por ella, pensó Rhianna. Alguien que parecía en control de la situación, que no estaba muriendo por dentro de desilusión y de otras muchas cosas—. Donna, este es Alonso Penvarnon, un primo de mi amiga Caroline Seymour, de quien ya te he hablado.

Entonces, volviendo la cabeza, se dirigió a Alonso.

—Alonso, esta es Donna Winston, actriz y compa-

ñera en *Castle Pride*. También era mi compañera de
piso hasta hace poco, cuando encontró otro sitio.

–Que, por lo visto, no le ha gustado –dijo Alonso
en voz baja–. En fin, creo que será mejor que me
vaya. ¿Te puedo llamar mañana? ¿Estás en la guía telefónica?

Rhianna no estaba en la guía telefónica, pero le escribió su número de teléfono rápidamente y él lo gra-
bó en su teléfono móvil.

–Iré a preparar un café –dijo Donna con voz aho-
gada e, inmediatamente, les dejó solos.

Alonso tomó a Rhianna en sus brazos y le sonrió.

–Ya veo que, a veces, el drama continúa en la vida
real. ¿Qué le pasa, problemas con un hombre?

–Eso parece –«sí, eso es lo que es»–. Dios mío,
Alonso, lo siento tanto…

–Y yo –Alonso le acarició los labios con los suyos–. Pero ya habrá tiempo, Rhianna. Te lo prometo.

Y ella le había creído.

Alonso llamó al día siguiente.

–¿Cómo está tu amiga?

–Aún bastante mal –admitió Rhianna, cansada de
una noche de llanto y recriminaciones y malas noticias, pero entusiasmada tras oír la voz de él otra vez.

–Y supongo que se va a quedar ahí unos días,
¿verdad? –dijo él en tono de resignación–. En fin, tendré que tener paciencia. De todos modos, ¿podríamos
vernos esta tarde? ¿Te apetece ir al cine?

–Sí –respondió ella sonriendo–. Sería estupendo.

Donna, que se había levantado tarde, estaba llori-
queando por la casa. A primeras horas de la tarde, dijo
que se iba a ver a su agente y se marchó.

Rhianna suspiró con alivio y rezó por que se le
ocurriera pasarse por una agencia inmobiliaria para
buscar un piso en alquiler.

Porque Donna no podía quedarse ahí, se dijo a sí misma mientras se daba un baño. Nunca más. Las cosas habían ido demasiado lejos.

Aún estaba solo con el albornoz cuando el interfono sonó, y Rhianna se echó a reír porque Alonso llegaba con cuarenta minutos de adelanto.

Sonreía cuando abrió la puerta.

–Hola, Rhianna –dijo Simon, entrando en el piso sin que le invitara–. ¿Estás sola? Estupendo, porque es hora de que tengamos una conversación en serio.

–Ahora no puedo –respondió ella rápidamente–. Me has pillado en… en un mal momento. Estoy esperando a alguien.

«A la última persona en el mundo que debería enterarse de que has venido aquí…»

–Pues lo siento, pero tenemos que hablar –Simon se dirigió a un mueble en el cuarto de estar, sacó una botella de whisky escocés y se sirvió una generosa dosis.

Cuando se dio la vuelta, su rostro estaba enrojecido por la furia.

–Supongo que te lo ha dicho, ¿verdad?

–Sí –respondió ella–. Y también me ha dicho que la has dejado plantada, que la has acusado de quedarse embarazada a propósito para cazarte y que tú le has ordenado que aborte. Un excelente comportamiento, Simon.

–Y, por supuesto, tú estás de su lado –dijo él–. Solidaridad femenina, ¿verdad? Sí, sé cómo son esas cosas. Pero no te dejes engañar por esos grandes e inocentes ojos castaños. No necesitó que le insistiera, como debiste notar cuando nos sorprendiste juntos aquella noche.

Sí, lo notó y lo recordaba. Había estado en una fiesta y una incipiente migraña la hizo despedirse y volver a casa temprano. Al oír ruido en el cuarto de estar, abrió la puerta y se encontró a Donna y a Simon desnudos y abrazados en la alfombra delante de la chimenea, haciendo el amor.

Donna la había visto primero y había lanzado un grito. Simon se había separado de su compañera con más rapidez que delicadeza. Ella, por su parte, se había ido a su habitación.

–Créeme, Simon, no estoy de parte de nadie –le dijo ella amargamente–. Pero… ¿sabías que anoche amenazó con suicidarse?

–Eso es una tontería –respondió él–. No le hagas ni caso. Y otra cosa, supongo que te darás cuenta de que tiene que abortar. No voy a perder lo que es importante en mi vida por una estúpida equivocación.

–Querrás decir una serie de equivocaciones, ¿no? Además, la decisión no te corresponde a ti solo. El aborto es algo muy serio para una mujer.

–Y mi futuro es igualmente serio –le espetó él antes de dar un buen trago al whisky–. Por Dios, Rhianna, sabes perfectamente cómo se lo tomaría Carrie si se enterase. No podemos permitir que ocurra. Admítelo.

–Sí, lo sé –dijo ella con amargura–. Lo único que puedo decirte es que no se enterará por mí.

–Estupendo. En ese caso… ¿harás lo que sea necesario? Donna confía en ti, tú podrías convencerla de que hiciera lo que tiene que hacer; si no por mí, por Carrie –Simon vació el vaso de whisky–. Eres una buena chica, Rhianna. Y… estás guapísima con ese albornoz. Apuesto a que no llevas nada debajo. ¿Qué te parece… por los viejos tiempos?

–No hay viejos tiempos. Y ahora, sal de mi casa.

Simon lanzó un silbido.

–Vaya, qué dura. De todos modos, me ayudarás, ¿verdad? –Simon se detuvo delante de la puerta, que ella había abierto–. Confío en ti, así que no me decepciones.

Simon se dio media vuelta para marcharse y ella, de repente, vio el cambio de su expresión. Al mirar al descansillo, se dio cuenta de que Alonso había llegado antes de tiempo y que estaba allí, mirándolos, inmóvil.

–Vaya, así que este es el admirador al que esperabas –dijo Simon en tono burlón–. Le daré recuerdos a Carrie de tu parte, ¿te parece, Rhianna? Hola y adiós, Alonso. Que lo paséis bien. Yo, desde luego, lo haré.

Simon le guiñó un ojo a Rhianna y se marchó.

Ella, consciente de que Alonso le haría preguntas a las que no podía contestar, sintió que se le secaba la garganta mientras él, con el ceño fruncido, se le acercaba.

Una vez dentro de la casa, Alonso le preguntó sin preámbulos:

–¿Suele venir por aquí?

«No quiero mentir. Por favor, no quiero mentir».

–De vez en cuando –contestó Rhianna.

–Carrie no me ha dicho que os vierais.

–Probablemente no le haya parecido que mereciera la pena mencionarlo –se obligó a contestar Rhianna al tiempo que se encogió de hombros–. Al fin y al cabo, no somos unos desconocidos.

–Claro –Alonso hizo una pausa–. ¿Es así como sueles recibirle, casi desnuda?

–Claro que no –dijo ella realmente indignada–. Y, desde luego, no esperaba que viniera esta tarde, si es eso lo que piensas.

–Francamente, no sé qué pensar. Después de todo, no era la bienvenida que esperaba.

–Ni yo –dijo Rhianna.

Alonso miró a su alrededor.

–Bueno, ¿dónde está el sauce llorón?

–Se ha marchado –contestó Rhianna.

–Por fin, buenas noticias –dijo él con voz queda–. En ese caso, ¿por qué no nos quedamos aquí en vez de ir al cine?

Si ella daba ese paso adelante, estaría en sus brazos al instante y no habría más preguntas. Alonso la deseaba. Ella le deseaba. Era así de sencillo.

Aunque no era tan sencillo. Porque ella conocía los peligros del sexo sin compromisos. Lo había presenciado hacía muy poco, en ese mismo cuarto de estar.

Sabía lo que sentía por Alonso, pero no lo que él sentía por ella. Alonso era un enigma. Él había presenciado cómo la echaban de Penvarnon cinco años atrás sin hacer nada. Habían sido Francis Seymour y Carrie quienes la habían apoyado, no él.

Y Alonso estaba allí ahora únicamente por ese algo inexplicable que había entre ellos, ese algo que había nacido en el patio de unos establos. Alonso estaba allí para satisfacer un apetito que ella despertaba en él. Y cuando ya no tuviera hambre, ¿qué? ¿Quién iba a impedirle que se marchara y la dejara como se deja un trapo viejo? Como le había ocurrido a Donna.

Pero no, ella valía más que eso.

–Porque Donna volverá pronto. Así que me parece que es un cine o nada –respondió Rhianna–. Además, teniendo en cuenta lo enfadado que estás, tengo que decir que lo del cine me parece mejor.

–Podría hacerte cambiar de idea.

–No lo creo.

Alonso la desnudó con los ojos. Después, sin más palabras, se dio media vuelta y se marchó.

Y ella, sentándose en el sofá, se cubrió el rostro con las manos y se echó a llorar.

En esos momentos, pensó que aquello era lo peor que podía pasarle en la vida.

Saliendo de su ensimismamiento, Rhianna se levantó del sofá de su habitación en el barco apartándose el pelo de la cara. Había ido allí con intención de hacer las maletas para marcharse al día siguiente, cuando tocaran tierra. Y eso era lo que iba a hacer.

Abrió el armario y lanzó una mirada a su ropa. Decidió ponerse el vestido de lino de color café al día siguiente, el resto lo guardaría en la maleta. Sin embargo, al sacarlo del armario, se le cayó al suelo y, de uno de sus bolsillos delanteros, salió un sobre marrón.

Rhianna agarró el sobre con el ceño fruncido. Estaba dirigido a ella en una letra que no reconocía. ¿Quién se lo habría enviado y por qué?

No estaba de humor para misterios, así que lo abrió inmediatamente. Dentro había fotografías y una nota.

Sentándose en la cama, Rhianna leyó la nota primero:

Querida señorita Carlow:
Hemos encontrado esto al vaciar el piso. Naturalmente, debía pertenecer a su difunta tía y por eso pensamos que debíamos enviárselo a usted. Espero que hayamos hecho lo correcto. Sr Henderson.

«Vaya, parece que he heredado algo de mi tía. Qué extraño».

Se trataba de una vieja colección de fotos tomadas en los jardines de Penvarnon. Al examinar las fotos, reconoció a Francis Seymour en algunas. En la mayoría, salía otro hombre y, por un segundo, pensó que era Alonso. Pero al observarlas más detenidamente, se dio cuenta de que así sería Alonso con diez o veinte años más de los que tenía. No obstante, el parecido era asombroso.

–Claro, su padre –dijo Rhianna en voz alta–. Es Ben Penvarnon.

La siguiente foto mostraba una mujer sentada en la terraza de la casa con la cabeza inclinada y sentada en una silla de ruedas.

Qué crueldad por parte de su tía Kezia haber tomado la foto de Esther Penvarnon en semejante estado, había sido completamente innecesario.

En casi todas las demás fotos salía Moira Seymour; pero estaban tomadas a distancia y apenas se la reconocía.

Había algo extraño, incluso furtivo, en esas fotos, pensó Rhianna con desagrado mientras las recogía para meterlas otra vez en el sobre. Entonces, se detuvo, porque ahí había algo… un trozo de papel doblado.

Un cheque por veintitrés libras a nombre de K. Trewint y firmado por Benjamin Penvarnon. La fecha era de hacía veinticinco años y, claramente, nunca se había cobrado.

Rhianna se quedó mirando el cheque con perplejidad. ¿Cómo se le podía haber olvidado a su tía cobrar el cheque? Resultaba imposible de creer.

Rhianna dobló el cheque y lo metió en el sobre, junto con las fotos, consciente de que la respiración se le había acelerado. El instinto le decía que lo que debía hacer era destruirlo todo, pero decidió esperar a volver a Londres para deshacerse de ello. Metió el sobre en su bolso.

Ahora, lo que más necesitaba en el mundo era una ducha, pensó estremeciéndose.

Se desnudó en el cuarto de baño y entró en la ducha, echándose montones de su gel de baño preferido como si formara parte de un ritual de descontaminación. Después, echó la cabeza atrás con los ojos cerrados y permitió que el refrescante torrente acabara con los rastros de la espuma.

Rhianna, por fin, cerró el grifo con un suspiro de alivio y placer y salió del plato de la ducha.

Con el ruido del agua, no había oído nada; sin embargo, él estaba allí, de pie en el umbral de la puerta, observándola. Esperándola.

Sobresaltada, Rhianna, sublimemente expuesta, sintió un intenso calor bajo la mirada de Alonso mientras reconocía que era demasiado tarde para intentar cubrirse su desnudez.

Tampoco tenía sentido preguntarle qué demonios estaba haciendo allí porque lo sabía. Pero tenía que decir algo, aunque solo fuera para interrumpir el tenso silencio que les envolvía.

–Alonso… no… –dijo ella en un susurro apenas audible.

–Eres tan hermosa…

Entonces, como una pantera, Alonso se acercó a las toallas, agarró una y la envolvió con ella.

–¿Cómo es posible que estés haciendo esto? –protestó Rhianna con voz temblorosa mientras él la secaba, mientras él la excitaba insoportablemente. Alonso estaba otra vez con el torso al desnudo, su piel desprendía olor a sol y a mar–. A pesar de lo que opinas de mí, de lo que me desprecias.

–Porque hay un asunto pendiente entre los dos, Rhianna, y lo sabes muy bien –dijo él con calma–. Y al margen de lo que Simon Rawlins haya sido para ti, no ha impedido que te siga deseando.

Rhianna se dio cuenta de que tenía que detenerle,

tenía que confesarle la verdad antes de que fuera demasiado tarde.

–Por favor –dijo ella rápidamente–. Por favor, Alonso, tienes que escucharme. No lo comprendes…

–No, eres tú quien no lo comprende.

Alonso la levantó en brazos, ahogando las posibles protestas de ella con la boca, y la llevó a la otra habitación. Allí, abrió la cama, la tumbó y se reunió con ella en la cama inmediatamente.

Arrodillado, inclinándose sobre ella, le quitó la toalla y la tiró al suelo. Después, se quitó los pantalones cortos y también los tiró antes de tumbarse al lado de ella completamente desnudo.

–Tengo que hacer que lo olvides –dijo Alonso, mirándola a los ojos–. Tengo que borrarle de tu mente y de tu recuerdo para siempre. Tengo que demostrarte que no puedes vivir en el pasado, Rhianna. Tengo que liberarte, que demostrarte que hay un presente y que puede haber un futuro.

–No –dijo ella con voz ronca–. Estás equivocado. Nunca lo habrá… sin el hombre al que amo.

Alonso sonrió con amargura.

–Puede que tengas razón; pero, al menos, debo intentarlo.

Alonso le puso la mano en el vientre y la hizo temblar de placer.

–Y no te preocupes, te juró que tendré cuidado.

–Oh, Dios mío. Alonso, no… Tengo que decirte algo. Por favor, déjame hablar.

–Sí, lo haré. Pero ahora no, ya hablaremos más tarde. Después.

Alonso bajó la cabeza y la besó; esta vez, sus labios se movieron lenta y seductoramente, abriendo los de ella para invadirle la boca con la lengua, para llevarla a un lugar en el que no pudiera negarle nada.

–Debería haberte hecho el amor hace semanas –le dijo él con voz ronca tras levantar la cabeza–. Esa noche que le encontré en tu piso. Pero estaba demasiado enfadado. Sin embargo, antes de esa noche, me deseabas, lo sé. Luego, cuando me di cuenta de que todavía te estabas acostando con Simon, me dije que era demasiado tarde, que jamás volvería a acercarme a ti, que jamás volvería a tocarte… después de que lo hiciera él.

Alonso hizo una mueca y continuó:

–Sin embargo, aquí estoy. Te deseo tanto que estoy dispuesto a olvidarlo todo. En realidad, no tengo elección.

Alonso le acarició el cuerpo y luego le cubrió un pecho antes de empezar a juguetear con el pezón; después, bajó la cabeza y se lo cubrió con la boca, acariciándolo con la lengua, dejándola jadeante y moviendo el cuerpo hacia él involuntariamente.

Rhianna solo se podía guiar por el instinto. No tenía conocimiento previo de cómo debía responder ni lo que él debía esperar de ella. Solo había simulado el éxtasis en sus actuaciones, como actriz. Pero ahora que se enfrentaba a la realidad, no tenía ni idea de qué hacer.

«No obstante, esto es lo que llevas deseando durante todos esos años de soledad desde que cumpliste los dieciocho, que Alonso Penvarnon te tomara en sus brazos y te hiciera el amor. Que te satisficiera como mujer».

Como si él le hubiera adivinado el pensamiento, Rhianna le oyó decir con una nota de hilaridad:

–Esto, normalmente, es una cosa de dos. ¿Es que no vas a tocarme tú también? ¿No quieres recordar lo que disfrutaste en una ocasión estando en mis brazos?

Rhianna alzó las manos y le acarició los hombros, deleitándose en la fuerza de esos músculos.

Con un murmullo de satisfacción, Alonso la besó en la boca mientras le acariciaba la espalda y la redondez de sus nalgas.

Rhianna se frotó contra él deliberadamente, conteniendo la respiración cuando sintió en el vientre la dureza del miembro. Entonces, bajó la mano y, con timidez, empezó a acariciárselo. Pero Alonso, agarrándole la muñeca, la detuvo.

–Cuidado, cielo –susurró él depositando diminutos besos por todo su rostro–. He esperado demasiado y no quiero hacer esto precipitadamente; sin embargo, si haces eso, no estoy seguro de poder aguantar. Tomémonos nuestro tiempo.

Alonso continuó acariciándole el cuerpo y Rhianna empezó a consumirse por el glorioso placer que él le estaba dando.

La boca de Alonso comenzó a realizar el mismo recorrido que sus manos habían hecho, saboreando la garganta, los hombros, el vientre, el ombligo, las caderas y los delgados muslos.

Rhianna se movía agitadamente, la piel le ardía, quería más. Y cuando la boca de Alonso se apoderó de la suya otra vez, se aferró a él, su apasionada respuesta carente de inhibiciones.

Los labios de Alonso volvieron a sus pechos, chupándolos con dureza, haciendo que los pezones se le endurecieran, haciéndola gemir; entre tanto, uno de sus manos le cubrió la entrepierna.

Alonso alzó la cabeza y miró sus fervientes y brillantes ojos, el sonrojo de sus mejillas y los enrojecidos labios.

–¿Sigues queriendo que pare? –dijo él con voz ronca–. ¿Quieres que te deje?

–No. No, por favor, no…

Alonso comenzó a acariciarla ahí, en el ardiente

secreto de su ser. Y Rhianna se ofreció a sí misma, a esa íntima exploración, a la maestría de esas caricias.

Nunca había imaginado que fuera posible sentir algo tan intenso, pensó ella casi sin respiración, con la mente y el cuerpo concentrados en ese placer casi doloroso que él le estaba provocando.

«No pares, por favor. No pares nunca», gritó ella en silencio.

—Cariño, ahora —le oyó decir jadeante.

Cuando Alonso se colocó encima de ella, Rhianna le obedeció inmediatamente, agarrando la rigidez de su virilidad con temblorosos dedos y guiándole con un leve gemido de anticipación.

Entonces, en un instante, todo cambió. Porque lo último que había esperado era que le doliera. Y le dolió hasta hacerle lanzar un grito.

Hasta ese momento, había creído que lo de sentir dolor cuando se dejaba de ser virgen era un mito del pasado; sin embargo, su frente comenzó a transpirar y se mordió los labios.

Alonso, de repente, se quedó muy quieto. Entonces, dijo con urgencia:

—¿Qué te pasa? ¿Qué te ocurre? Cariño, dime…

Al mirarle a los ojos, al ver su temor, se dio cuenta de la verdad.

—Dios mío —Alonso se apartó de ella con decisión. Entonces, se tumbó en la cama, de espaldas a ella.

Rhianna se quedó mirando al techo; quería decir algo, pero las lágrimas le habían cerrado la garganta.

Por fin, fue Alonso quien rompió el silencio:

—No habías hecho esto nunca —fue una afirmación, no una pregunta. Luego, despacio, se volvió de cara a ella y, después de cubrirla con la sábana, se incorporó ligeramente apoyándose en un codo—. Simon Rawlins nunca ha sido tu amante y no te ha dejado embarazada porque, hasta hace un momento, eras virgen.

—Lo siento. Lo siento…

—Y, a pesar de ello, has dejado que te violara. ¿Por qué?

—Porque te deseaba –respondió ella.

«Porque te amo. Porque siempre te he amado y siempre te amaré».

Pero fue incapaz de pronunciar esas palabras.

—Hace mucho tiempo decidí que la primera vez sería con alguien a quien deseara mucho, alguien que supiera lo que se hacía. Así que no ha sido una violación, yo quería que ocurriera y tienes que creerme –Rhianna respiró profundamente.

—¿Qué demonios creías que estabas haciendo? –dijo él enfadado–. ¿Creías que se trataba de un episodio de esa maldita serie en la que trabajas? ¿Por qué demonios no me dijiste la verdad respecto a Simon Rawlins? ¿Por qué dejaste que creyera que tenías relaciones con él?

Rhianna se volvió y le dio la espalda antes de contestar:

—Porque era lo que querías creer. Mi madre le quitó el marido a tu madre, así que yo tenía que ser la que apartara a Simon de Carrie. De esa forma, la historia se repetía.

—No, Rhianna, eso no tiene sentido. Tú dejaste que te acusara de ser la amante de Simon sin decir nada en defensa propia. ¿Cómo explicas eso? Por otra parte, has dicho que me deseabas, pero has hecho lo posible para evitar que estuviéramos juntos.

—No, no he sido yo, sino una historia familiar que nos toca a los dos. Alonso, si alguien se hubiera enterado de que éramos amantes, se habría vuelto a hablar de mi madre y a arrastrar su nombre por el barro. Y creas lo que creas, la memoria de mi madre no se lo merece –Rhianna hizo una leve pausa–. Ni tu madre tampoco, que aún sigue viva. ¿Qué pensaría tu madre si se enterara de que te has acostado con la hija de Grace Trewint?

Rhianna clavó los ojos en la pared con la mirada perdida y añadió:

–Quizá, inconscientemente, cuando me acusaste de ser la amante de Simon, lo hiciste por escapar de una situación imposible. Y quizá lo que ha pasado ahora haya sido la forma que el destino tiene de decirnos que no está bien que nos deseemos –Rhianna se mordió los labios–. Y ahora… ¿podrías irte, por favor? Quiero estar sola.

–Lo siento, pero no. No voy a ir a ninguna parte –respondió Alonso antes de abrazarla otra vez–. No, cariño, no me voy. Y no te preocupes, no tengo intención de hacer el amor contigo otra vez, lo único que quiero es tenerte en mis brazos. Lo necesito y creo que tú también lo necesitas.

Rhianna, entonces, apoyó el rostro en los hombros de él y lloró quedamente por la amargura que le producía estar en los brazos del hombre que nunca podría ser su amante.

Capítulo 9

MIENTRAS lloraba, Rhianna era consciente de la mano de Alonso acariciándole el cabello mientras le murmuraba palabras en español que apenas reconocía.

Y se sintió reconfortada.

Por fin, Alonso la alzó y le recostó la espalda en las almohadas.

–Voy a traerte un poco de agua.

–No tengo sed.

–No, pero has sangrado un poco –le recordó Alonso.

El rostro de Rhianna enrojeció.

–Oh, Dios mío, lo siento –murmuró ella, totalmente humillada.

–¿Por qué? –Alonso le dio un beso en la cabeza, la clase de beso que se le daba a un niño–. Soy yo quien se siente el mayor canalla del mundo.

Alonso alargó el brazo, agarró sus pantalones cortos, se los puso y se los abrochó con decisión.

Cuando volvió del cuarto de baño, ella había recogido la toalla del suelo y se había envuelto con ella. Rhianna extendió el brazo para agarrar el trapo que él llevaba en la mano.

–Por favor… lo haré yo.

Tras vacilar un instante, Alonso se encogió de hombros.

–Si es lo que quieres… Supongo que es una forma de pedirme que me vaya y te deje sola un rato, ¿no?

Rhianna asintió.

–Entonces, me voy. Pero esto no va a quedar así, Rhianna. Todavía tenemos que hablar de muchas cosas. Tú misma lo has dicho.

–Pero eso era antes de… No sé qué más necesitas saber –protestó ella.

–Algo muy sencillo, la verdad –respondió Alonso acercándose a la puerta–. Hasta luego.

Una vez a solas, limpió la sangre de la sábana y luego se dio una ducha rápida. Media hora más tarde, con el vestido de lino de color café, estaba sentada en un rincón del sofá considerando las alternativas que tenía.

Alonso quería saber la verdad, pero ¿de qué serviría ahora que la boda ya se había celebrado?

–Donna –susurró Rhianna–. Donna Winston. Dios mío, ojalá no la hubiera conocido nunca.

La había conocido cuando la joven actriz consiguió el papel de Martha Webb en la serie de televisión *Castle Pride* y quería cambiarse de piso. Rhianna, que tenía una habitación sin ocupar, le ofreció una solución temporal mientras Donna se buscaba un piso para ella sola.

Al principio, se habían llevado bien, aunque no habían intimado. Una tarde, después de un día de ensayos muy duro, habían ido juntas a cenar a una pizzería. Al terminar la cena, cuando iban a pedir los cafés, Rhianna oyó la voz de un hombre decir:

–Dios mío, Rhianna, qué sorpresa encontrarte aquí.

Al volverse, vio a Simon sonriéndole.

–Hola, Simon –respondió ella educadamente, aunque sin entusiasmo–. Carrie me había dicho que estabas en Glasgow.

–Sí, pero he vuelto hace una semana –Simon miró a Donna con ojos de apreciación y su sonrisa se agrandó–. ¿Es que no vas a presentarme?

Rhianna los presentó brevemente y luego llamó a la camarera para que les llevara la cuenta.

–Al parecer, vamos a tomar el café en casa –dijo Donna con una nota de desilusión en la voz; pero, entonces, sus ojos se iluminaron–. Tengo una idea, ¿por qué no vienes con nosotras a tomar café a casa?

–Encantado –Simon se volvió a Rhianna con las cejas arqueadas–. Supongo que no hay problema, ¿verdad, cielo?

«Montones de problemas», pensó Rhianna.

–No, claro que no –respondió ella–. Aunque tendrá que ser una visita relámpago porque Donna y yo tenemos que levantarnos muy temprano mañana.

–En ese caso, me tomaré un café instantáneo –dijo Simon con voz suave.

Rhianna suponía que Donna y Simon debieron intercambiar sus teléfonos mientras ella estaba en la cocina, porque a partir de entonces Donna comenzó a ausentarse del piso. Sin embargo, no se enteró de su relación hasta la noche en que, debido a la migraña, los sorprendió in fraganti.

Aquella noche, cuando oyó la puerta cerrarse después de que Simon se marchara, fue inmediatamente a hablar con Donna. La encontró acurrucada en el sofá, cubierta con su albornoz y ahogando los sollozos con un pañuelo.

–Lo siento –le dijo Donna.

–¿Que lo sientes? –dijo Rhianna con incredulidad–. Por el amor de Dios, Donna, Simon es el prometido de mi mejor amiga. Se van a casar dentro de dos meses y lo sabías. La invitación está aquí, encima del dintel de la chimenea.

–Lo que te pasa es que estás celosa –le contestó Donna llorosa–. Quieres a Simon desde hace años. Hiciste lo que pudiste por conseguirlo y por eso tu tía te echó de su casa. Simon me lo ha contado todo.

–En ese caso, te ha mentido –le contestó Rhianna fríamente–. Aunque me da igual. Los dos me dais asco. Y quiero que te marches de mi casa, Donna. Después de esto, no puedo permitir que sigas aquí.

Donna se marchó, para volver unas semanas más tarde al piso y confesar, a lágrima viva, que Simon la había dejado embarazada, que la había abandonado y que le había dicho que abortara.

Lo último que Rhianna había esperado era encontrarse en medio de una pelea entre Simon y Donna respecto al aborto o que eso dañara su relación con Alonso.

Después de la tarde en la que Alonso se había marchado de su casa después de ver a Simon allí, ella no había vuelto a saber de él en dos terribles semanas.

Entonces, una noche que había ido a una fiesta para celebrar el debut de una amiga suya de la escuela de arte dramático, Alonso fue la primera persona a la que vio al llegar a la fiesta.

–¿Qué estás haciendo aquí? –le preguntó ella cuando Alonso se acercó.

–Le pedí a un amigo mío periodista que se pusiera en contacto con la empresa que te representa –admitió él–. Me dijeron que estarías aquí y conseguí una invitación.

–¿No te habría resultado más fácil llamarme por teléfono?

–Te llamé y hablé con tu amiga. Me pareció un poco desequilibrada. Algo me dijo que no te daría el mensaje, por lo que decidí encontrar otra forma de ponerme en contacto contigo.

Rhianna titubeó unos momentos.

–Donna ya no está viviendo conmigo, aunque viene de vez en cuando a verme porque… digamos que no es muy feliz.

«¿No muy feliz? Está totalmente histérica y no deja de amenazar con suicidarse. A veces, no me atrevo a dejarla sola…»

–Me dejas de piedra –dijo él–. Que Dios me libre de estar cerca de ella cuando se sienta realmente desgraciada.

«Ojalá pudiera contártelo todo», pensó ella. «Ojalá pudiera abrazarme a ti , contarte todo este sórdido episodio y pedirte que tú intentaras arreglarlo porque yo no sé qué hacer. Pero no puedo hacerlo, no me atrevo, porque harías lo posible por impedir la boda, lo que destrozaría el corazón de Carrie. Y creo que aún existe la posibilidad de arreglar esto; es decir, si logro convencer a Donna de que Simon no va a volver con ella. Sé que Simon no se merece a Carrie, pero quizá el matrimonio le haga cambiar. Al menos, eso es lo que necesito creer».

Rhianna apartó los ojos de la intensa mirada de Alonso, temerosa de que él interpretara correctamente la incertidumbre de su mirada.

–¿Querías hablar conmigo sobre algún asunto en particular?

–Sí. Quería disculparme por mi comportamiento la otra noche. No tengo excusa, excepto que no me gusta Simon Rawlins. La verdad es que no me fío de él.

Alonso hizo una pausa y añadió:

–Quiero seguir viéndote, Rhianna –entonces, miró a su alrededor–. Pero aquí hay mucha gente que quiere hablar contigo y que me está mirando con ojos asesinos. No es necesario que me contestes en ese momento, pero piénsalo y… contéstame pronto.

Alonso le tomó la mano y se la besó, haciéndola temblar de pies a cabeza. Después, se dio media vuelta y se marchó, dejándola esperanzada e ilusionada.

Cuando llegó al piso después de la fiesta, encontró las luces encendidas y, en la mesa, servicio para dos, velas incluidas.

Cuando Donna entró en el cuarto de estar con un salero y el molinillo de la pimiento, Rhianna se la quedó mirando fijamente.

–¿Qué demonios es esto?

–Simon viene a cenar –contestó Donna–. Ha llamado hace un rato. Parecía cambiado y me ha dicho que quería hablar conmigo.

–¿Y tú le has preparado una cena, en mi casa? –Rhianna hizo un gran esfuerzo por no perder los nervios–. ¿Y eso sabiendo lo que pienso de este asunto? ¡Cómo te atreves! Se acabó, Donna. De ahora en adelante, no cuentes conmigo para nada. Haz el favor de devolverme las llaves de mi casa y márchate.

–Rhianna, por favor, deja que me quede esta noche. Simon y yo no podemos hablar tranquilamente en esa especie de caja de zapatos en la que vivo. Le necesito, ¿es que no lo comprendes? –a Donna le temblaba la voz–. Ha cambiado, sé que ha cambiado.

Rhianna, furiosa, se acercó a la chimenea y agarró la invitación a la boda.

–¿Sabes lo que es esto? ¿Lo reconoces? –dijo, dando un golpe con la invitación en la mesa–. Al margen de lo que quieras pensar, la boda se va a celebrar. Está jugando contigo, Donna. Simon no va a dejar a Carrie y quiere que abortes, acéptalo.

Entonces, Rhianna se fue precipitadamente a su habitación, agarró una bolsa y metió en ella lo necesario para pasar la noche fuera.

–¿Qué vas a hacer?

–Me voy a un hotel. En cualquier caso, quiero que, después de cenar, os marchéis, los dos. Volveré a las siete de la mañana y será mejor que no te encuentre aquí.

A la mañana siguiente, Rhianna esperó hasta las nueve para volver a su casa y la encontró vacía, aunque la mesa contenía los vestigios de la cena, incluido cera en el mantel.

Fue al cuarto de baño y llenó la bañera, ya limpiaría después.

Estaba limpia y seca, envuelta en su albornoz y preparando un café en la cocina cuando sonó el interfono.

Era Alonso.

Un Alonso desconocido, un Alonso con párpados pesados, sin afeitar y aún con la ropa de la tarde anterior, a excepción de la corbata, con el chaleco y la camisa desabrochados.

–Dios mío, ¿qué ha pasado? –Rhianna dio un paso hacia él, pero Alonso retrocedió, alzando las manos.

–No me toques –dijo con fría furia–. De lo contrario, puede que haga algo de lo que los dos nos arrepintamos durante el resto de nuestras vidas.

–No te comprendo –Rhianna se lo quedó mirando–. ¿Qué pasa?

–Tú, mi dulce y traicionera Rhianna. Tú, que me has tomado por imbécil. Tú, eso es lo que pasa. Tú y Rawlins, por supuesto.

–¿Te has vuelto loco? –Rhianna, presa del pánico, sintió la garganta seca.

«Sabe algo, pero... ¿qué?»

–Sí, me volví loco, pero la vista no me falla –contestó él–. Le he visto llegar anoche y ha entrado con su propia llave.

¿Su propia llave? ¿Donna le había hecho copia de la llave?

–No pongas esa cara de sorpresa, Rhianna. Además, sé que no está aquí porque le vi marcharse al amanecer. Yo estaba en mi coche, aparcado enfrente de tu casa, así que pude constatar el tiempo que estuvo aquí. Y ahora he vuelto para mirarte bien a la luz del día, sin lámparas ni velas ni nada que pueda proyectar sombras en tu rostro.

Rhianna sintió la cólera que emanaba de él, el desprecio de su expresión mientras examinaba la mesa.

–Una cena íntima, ¿eh? Seguida, sin duda, de un exquisito broche a un día perfecto. Espero que no estuvieras planeando compartir tu cama conmigo también.

–No es lo que piensas…

–Me has utilizado, igual que tu madre utilizó a mi padre –Alonso lanzó una amarga carcajada–. Y también has traicionado a tu mejor amiga. Debería haber recordado que eres una actriz, acostumbrada a engañar. Actúas mejor en la vida real que en la televisión.

El recibo del hotel, pensó Rhianna. Podía enseñárselo y tirar por tierra sus acusaciones. El problema era que no acabaría ahí, Alonso querría saber con quién había estado Simon la noche anterior en su casa.

Rhianna tragó saliva.

–¿Vas… vas a decírselo a Carrie?

Era lo único que podía preguntar. Se había visto arrastrada a ese desastre guiada por la necesidad de proteger a su amiga y evitar que se enterase de que Simon había tenido una aventura amorosa poco antes de la boda. Y ella tenía que seguir protegiendo a Carrie.

–No, ¿cómo iba a hacerlo? –dijo él–. Nunca he esperado nada bueno de Rawlins, pero lo que realmente me asquea es que le haya sido infiel a Carrie contigo. Aunque, por supuesto, no me extraña, ¿qué hombre no se querría acostar contigo?

Alonso sacudió la cabeza y añadió:

–Pero tú parecías quererla, Rhianna. Deberías haber dicho que no. No puedo creer que la hayas traicionado de esta manera. No irás a la boda –dijo él con ojos fríos como el hielo–. ¿Me has entendido? Pon la disculpa que quieras, pero mantente alejada de mi casa y de mi familia; y, sobre todo, de Carrie, antes y después de la boda. Esa mistad acaba aquí y ahora. No me fío de ti, Rhianna. Así que mantente a distancia y con la boca cerrada o te arrepentirás. Estás advertida.

Alonso caminó hasta la puerta.

–He decidido volver a Sudamérica mañana –dijo él–. Con un poco de suerte, no volveremos a vernos. Reza para que así sea.

Y tras esas palabras se marchó, dejándola destrozada.

Y ahora habían vuelto a encontrarse y ahí estaba, en el barco de Alonso.

Y seguían sin tener un futuro juntos.

Con un suspiro, se levantó del sofá y fue a cubierta.

Encontró a Alonso sentado a la mesa, bajo el toldo, mirando al mar. Al verla, se levantó educadamente. También él se había cambiado de ropa, ahora llevaba un pantalón largo y una camisa azul marino con el cuello desabrochado y las mangas subidas hasta los codos.

Y Rhianna se dio cuenta de que solo con verle sentía una mezcla de infinito dolor mezclado con un deseo que ya no podía achacar a su imaginación, sino a la realidad que recientemente había experimentado.

Cuando ella se sentó, Alonso le señaló una jarra llena con un líquido rojo, cubitos de hielo y trozos de limón.

–Enrique prepara una sangría estupenda –comentó él–. ¿Quieres probarla?

–¿Por qué no?

Después de servirle, Rhianna probó la sangría.

–Ten cuidado –le advirtió él–. No quiero que te desmayes.

Rhianna buscó un tema inocuo de conversación.

–¿Qué va a pasar mañana por la mañana cuando lleguemos a Gijón?

–Puede que tengamos que esperar para conseguir un vuelo, así que podríamos ir a mi casa para que la vieras.

–Dios mío, ¿también tienes un castillo en España?

–¿Es eso lo que esperas? –dijo Alonso en tono burlón–. Porque si es así, te vas a llevar una decepción. Es una casa de campo que, al contrario de lo que pasó con el resto de las propiedades de la familia en Asturias, logró sobrevivir a la guerra civil. He hecho bastantes arreglos y la he agrandado, pero es más cómoda que lujosa.

–¿Pasas mucho tiempo allí?

–No tanto como me gustaría –respondió Alonso–. Pero espero que eso cambie cuando venda nuestros bienes en Sudamérica.

Rhianna dejó el vaso en la mesa.

–Yo creía que tu verdadero hogar estaba en Sudamérica. ¿No es ahí donde pasabas la mayor parte del tiempo?

–Así ha sido hasta ahora, pero hace tiempo decidí que tenía que dejar cosas. Pasar el tiempo yendo de una parte del mundo a otra ya no me apetece, y tampoco me apetece ir acompañado de un ejército de guardaespaldas –confesó Alonso con pesar–. Además, las explotaciones mineras están llegando a su fin y sería mejor utilizar la tierra para otros menesteres.

–¿Y no vas a echar de menos viajar?

Alonso se encogió de hombros.

–Mi trabajo como consultor marcha cada vez mejor y cuento con un buen equipo. Aunque tenga que viajar de vez en cuando, quiero pasar la mayor parte del tiempo en mi propiedad de España. Me gustaría montar una plantación de árboles frutales y quizá algún viñedo. Un amigo mío es el productor del rioja que bebimos la otra noche y se ha ofrecido para ayudarme con el negocio del vino. En cierto modo, estaré más ocupado que nunca –Alonso hizo una breve pausa–. Además, está el proyecto que tengo para Penvarnon.

–¿Lo vas a remodelar? –preguntó ella.

–No, lo que voy a hacer es… volver a tomar posesión de la propiedad. Quiero pasar más tiempo allí. Había permitido que la situación actual se prolongase porque me convenía; mi tío siempre lo entendió así y a él no le importará marcharse. A mi tío nunca le ha gustado ese sitio.

–Nunca ha sido un hogar feliz –comentó ella sin pensar.

–No, y eso es otra cosa que quiero cambiar –Alonso se recostó en el respaldo del asiento–. Y ahora que estamos hablando con tanta franqueza, querida, creo que ha llegado el momento de que me hables de la llorona de tu amiga Donna Winston. Sobre todo, quiero que me digas cuánto tiempo se ha estado acostando con Simon y por qué no me dijiste nada. Y eso es algo que realmente necesito saber.

Capítulo 10

RHIANNA guardó silencio; por fin, preguntó en voz baja:

–¿Cómo te has enterado de que fue Donna?

–Me di cuenta hace un rato, cuando estaba en la ducha –respondió Alonso–. Las duchas son unos lugares magníficos para aclararse las ideas. Recurrí al viejo método de sumar dos y dos y, por una vez, llegué a la conclusión correcta.

Alonso sacudió la cabeza y añadió:

–No comprendo cómo he estado tan ciego. «Problema de hombres», me dije cuando la conocí. Y tú respondiste que eso parecía, o algo por el estilo. Pero tú lo sabías, Rhianna. Sabías qué es lo que estaba pasando y no me dijiste nada. Incluso les ayudaste prestándoles el piso.

–No, nunca –respondió ella con pasión–. Al principio, yo no lo sabía tampoco.

Entonces, Rhianna le contó lo de su fortuito encuentro en la pizzería antes de explicarle:

–Una noche, al volver a casa antes de lo previsto, les pillé in fraganti. Después de que Simon se marchara, tuve un enfrentamiento con Donna y la eché de casa. Pero luego me dio pena porque, al fin y al cabo, había sido yo quien los había presentado y ella creía que Simon era amigo mío –Rhianna se mordió los labios–. No puedo culparla; hace muchos años, yo también creía que Simon era maravilloso.

–Eso… no se me había escapado –dijo Alonso.

–Si te refieres a lo de la fiesta de cumpleaños de Carrie, estás equivocado. Me gustaba mucho antes de aquello, pero no cuando la fiesta.

–En ese caso, ¿por qué te reuniste con él en los establos?

–Porque me hizo pensar que Carrie también estaría allí. De lo contrario, jamás habría ido –Rhianna bajó la cabeza–. Sé lo que debió parecer.

–Y yo no te di mucha oportunidad de que te explicaras, ¿verdad? De todos modos, lo que no comprendo es por qué no me dijiste lo que estaba pasando la tarde que le sorprendí en tu casa.

Rhianna suspiró.

–Porque me pareció que sería como abrir la caja de Pandora. Las consecuencias podrían haber sido terribles. Además, Simon me dijo que su relación con Donna había acabado, que había aprendido la lección y que era Carrie de quien estaba enamorado. Y yo… quise creerle porque pensaba que Carrie nunca sería feliz sin él. Me porté como una cobarde, lo sé. Esperaba que nadie se enterase de nada.

Alonso arqueó las cejas.

–Así que estabas intentando mantener la paz, ¿no es eso?

–No, ni siquiera es eso. La verdad es que… estaba asustada. Me convencí a mí misma de que, si no decía nada, estaba protegiendo a Carrie, evitándole sufrir; pero, en el fondo, lo que pasaba era que no quería ser yo la persona que se lo dijera.

Rhianna se interrumpió momentáneamente y clavó los ojos en la mesa.

–Tenía miedo de que Carrie nunca me perdonara que fuera yo quien destruyera su relación con Simon.

–No es un mal motivo –comentó Alonso.

–Luego, Donna volvió a aparecer y me dijo que estaba embarazada y que Simon quería que abortara –continuó Rhianna–. Estabas destrozada, por eso no me sentí capaz de echarla de mi casa. Lo que no me imaginé es que hiciera una copia de la llave y que se la diera a Simon, y que siguieran viéndose. Al final, Donna accedió a hacer una cita para abortar en una clínica, pero le dijo a Simon que solo iría si yo la acompañaba. Y Simon ha estado detrás de mí desde entonces para que la acompañe; es decir, hasta ayer.

Rhianna frunció el ceño y continuó:

–La verdad es que no he visto a Donna desde la noche que Simon fue a mi casa a cenar con ella, por lo que no sé cómo están las cosas. Y, a pesar de todo, Donna sigue dándome pena.

–En ese caso debes tener más paciencia que un santo –comentó Alonso.

–No, no es eso. Es que es muy difícil aceptar que nunca vas a estar con el hombre que lo es todo para ti. Y creo que Donna se ha enamorado de él y pensaba que Simon la quería también.

–Entonces es una ingenua –observó Alonso–. Lo que todavía no comprendo es por qué dejaste que creyera que eras tú quien tenía relaciones con ese sinvergüenza.

–Porque me parecía la única forma de asegurarme de que no se lo dijeras a Carrie –Rhianna lo miró a los ojos–. Como estaba segura de que no ibas a decirle que no solo había sido traicionada por su novio, sino también por su mejor amiga, por eso no te dije la verdad. Estaba convencida de que, para ti, era más importante la felicidad de Carrie que el desprecio que sentías por mí. Y también era más importante para mí.

–Pero te quedaste ahí, callada, y dejaste que te dijera todas esas cosas horribles.

–Porque, en realidad, yo estaba metida en ese lío. Y no había sido capaz de impedirlo.

Alonso alzó una mano y le retiró un mechón de cabello del rostro.

–Dime, Alonso, ¿habrías guardado silencio si te hubiera dicho la verdad? Pensé que no podía correr ese riesgo; sobre todo, estando tan enfadado como estabas.

–No, quizá no hubiera podido –contestó Alonso con voz queda.

–Bien. En ese caso, puede que haya sido lo mejor que ha podido pasar.

–Ojalá compartiera tu optimismo –contestó él burlonamente–. En fin, pase lo que pase, ya es demasiado tarde. Carrie y Simon deben haber empezado su viaje de luna de miel.

Alonso extendió los brazos por encima de la mesa y, agarrándole las manos, comenzó a juguetear con sus dedos.

–Dime, ¿vas a perdonarme?

–¿Por todas las cosas que me has dicho? –preguntó ella con voz temblorosa–. Claro que te perdono. En cierta forma, merecía lo que me dijiste.

Alonso sacudió la cabeza.

–No, eso no.

–¿No podríamos, simplemente, olvidarnos de lo que ha ocurrido hasta ahora? –preguntó ella.

–No, porque no quiero olvidarlo –dijo Alonso mirándola fijamente–. Es decir, no quiero olvidarlo todo. Y tampoco quiero que te quedes con el recuerdo que tienes de mí como amante.

Rhianna se estremeció de anticipación.

–Por favor, no digas esas cosas.

Alonso se llevó las manos de ella a los labios y las besó.

–Espero que lo que ha pasado hace un rato no te haya puesto en contra del sexo para siempre.

–No. Quiero decir… no lo sé. Yo… debo haberte decepcionado, ¿verdad?

–No, cariño –Alonso le sonrió–. Créeme, nada más lejos de la verdad. Lo único que siento es no haber sabido que era la primera vez para ti; de lo contrario, me habría comportado de forma muy distinta.

–Ah –Rhianna se preguntó cómo, pero no se atrevió a hacer la pregunta en voz alta–. En fin, todo ha acabado ya. Dentro de unas horas estaremos en España y yo me marcharé. Creo que será lo mejor.

Alonso sonrió.

–No desde mi punto de vista, cariño. No obstante, si me das la oportunidad, creo que puedo garantizarte que la próxima vez disfrutarás mucho más.

Rhianna sabía que debía rechazar la oferta. Porque lo que Alonso le estaba proponiendo era la satisfacción de su mutuo deseo.

Y ella lo quería todo. Para siempre. Era así de sencillo. Y era imposible.

«Puede que me desee, pero Alonso no ha mencionado la palabra amor», se dijo en silencio.

Rhianna apartó las manos de las de él y se recostó en el respaldo del asiento.

–No, gracias. Alonso, no te sientas culpable por no haber logrado que la experiencia fuera maravillosa; al fin y al cabo, era imposible dadas las circunstancias. Ahora que mi curiosidad ha sido satisfecha, pienso que la siguiente vez puede esperar hasta que me enamore.

Alonso guardó silencio unos momentos antes de contestar:

–Muy práctico.

–Supongo que, debido a los acontecimientos de los

últimos meses, lo que quiero en mi vida ahora es orden y tranquilidad –declaró ella–. Lo siento.

–No lo sientas –Alonso se encogió de hombros–. Es decisión tuya y no puedo objetar, a pesar de que me gustaría. En fin, al menos espero que dejes que te bese cuando llegue el momento de la despedida.

–¿Por qué no? –Rhianna se llevó el vaso de sangría a los labios, rezando por no verse obligada a volver a beber sangría, ya que siempre despertaría en ella el recuerdo de ese momento.

«El momento en que hice lo correcto y me sentí morir por dentro», pensó Rhianna.

Aquella noche cenaron una excelente paella preparada por Enrique mientras charlaban de cosas inconsecuentes.

–Dime una cosa –dijo Alonso cuando Enrique les llevó los cafés–, ¿por qué elegiste la carrera de actriz?

–Siempre me gustó –respondió Rhianna, no dejando de notar que de lo impersonal habían pasado a lo personal otra vez–. Cuando volví a Londres, me apunté a clases de teatro en una de las escuelas locales. Mi profesora pensaba que tenía talento y concertó una cita para que me hicieran una prueba de ingreso en la escuela de arte dramático. Además, el matrimonio Jessop me ayudó mucho.

Rhianna inclinó la cabeza y añadió:

–No puedo dejar de preguntarme cómo habría sido mi vida si me hubiera quedado con ellos tras la muerte de mi madre. Ellos querían tenerme, pero la tía Kezia insistió en que me fuera con ella. Jamás comprendí por qué, ya que no me quería y lo dejó muy claro. No, nunca he conseguido entenderlo.

—Desde luego, era una mujer muy extraña —dijo Alonso con voz queda.

—Más extraña de lo que imaginas —Rhianna hizo una pausa—. Al parecer, sacaba fotos de la gente a escondidas.

Alonso arqueó las cejas.

—¿De qué gente?

—De tu tía y tu tío, por ejemplo. Y de tu padre. Hay muchas fotos de tu padre.

«Y de tu madre en una silla de ruedas, pero no voy a mencionarlo. Ni el cheque. De hecho, no debería haber dicho nada».

—¿Tienes esas fotos?

Rhianna hizo una mueca burlona.

—Es la única herencia Trewint.

—No, no es la única herencia. No olvides ese pelo que tienes. Eso es un tesoro.

Demasiado personal, pensó Rhianna, por lo que decidió terminarse el café y levantarse.

—Te ruego que me disculpes, pero voy a acostarme.

Rhianna se dio media vuelta y emprendió el camino a su habitación, pero Alonso la dio alcance.

—Me prometiste un beso —dijo él.

A Rhianna el corazón le latió con fuerza.

—Cuando nos despidiéramos —le recordó ella.

—Ya sabes el lío que hay en los aeropuertos —comentó Alonso cuando llegaron a la puerta de la habitación de ella—. Dejémoslo en un beso de buenas noches.

—Bueno… si insistes…

«Un beso, eso es todo. No le des importancia ni le dejes ver que la tiene. Dale un beso y ya está».

—Sí, creo que insisto —Alonso alargó el brazo y le abrió la puerta.

—No es necesario que entremos —dijo Rhianna con temor—. Aquí fuera es suficiente.

—Prefiero la intimidad —contestó Alonso. Entonces, la levantó en sus brazos, se adentró con ella en el cuarto y cerró la puerta con el pie—, y la comodidad.

Alonso la depositó en al cama y se tumbó a su lado.

—Dijiste un beso —le recordó ella con voz temblorosa.

—¿Dije uno solo? No lo recuerdo —Alonso le agarró un mechón de cabello y se lo llevó a los labios—. Eres encantadora.

Comenzó a besarla despacio, tocándole la frente, los ojos, los pómulos y la comisura de los labios con los suyos. Después, le abrió los labios con la lengua al tiempo que la estrechaba contra su cuerpo, profundizando el beso.

Cuando Rhianna pudo hablar, susurró con voz entrecortada:

—Alonso… no es justo…

Sin hacerle caso, Alonso comenzó a desabrocharle los botones del vestido.

—Si esto es todo lo que voy a probar de ti, Rhianna, tengo la intención de aprovecharlo al máximo. Solo te estoy besando… aunque no vaya a ser como y donde tú esperabas.

Con el vestido desabrochado, Alonso se lo abrió y se la quedó mirando unos momentos; después, le acarició con los labios los senos.

Alzándola ligeramente, la despojó del vestido; después, le desabrochó el sujetador y se lo quitó. Comenzó a besarle los pechos, a acariciarle los pezones con la lengua, haciéndolos cobrar vida, antes de metérselos en la boca.

Tras abandonar los pechos, la boca de Alonso se paseó por el vientre de ella mientras la desprendía de la ropa interior.

Fue entonces cuando Rhianna se dio cuenta del camino que estaba tomando él. Y, cuando la boca de Alonso llegó al sedoso triángulo, el pánico se apoderó de ella. Agarrándole la cabeza, intentó apartarle.

–¡No! Oh, Dios mío…

Sin esfuerzo, Alonso le agarró las muñecas y comenzó a besarle los muslos, excitándola hasta hacerla rendirse a la promesa de una nueva y sorprendente intimidad.

La boca de Alonso la poseyó con una suavidad casi reverente; después, lentamente, profundizó las caricias en una explícita exploración.

El tiempo pareció detenerse. Solo tenía existencia ese exquisito tormento. Ese insoportable deleite. Rhianna estaba consumida en un mundo de sensaciones, consciente únicamente de que algo estaba creciendo dentro de ella con la irresistible fuerza de una ola gigante. Consciente de que cada caricia de la lengua de Alonso la llevaba inexorablemente hacia un lugar desconocido.

Y cuando la ola rompió, se sintió sumida en un abismo y gritó, glorificándose en el alivio sexual por primera vez en su vida.

Alonso la estrechó en sus brazos hasta que ella dejó de temblar y comenzó a relajarse.

Cuando pudo hablar, Rhianna dijo:

–¿Es… es siempre así?

–No lo sé, no soy una mujer –respondió él con voz suave–. Pero eso espero.

De repente, a Rhianna se le ocurrió que era ridículo que ella estuviera totalmente desnuda en los brazos de él mientras Alonso estaba completamente vestido. Y más ridículo aún considerando lo que acababa de ocurrir.

Entonces, fue a desabrocharle la camisa. Pero Alonso se lo impidió.

–No, ahora no, cielo.

–¿No quieres…?

–Sí, pero en otro momento –contestó él–. Cuando dispongamos de todo el tiempo necesario.

Entonces, Alonso le besó los párpados con ternura.

–Vamos, duérmete. Te despertaré cuando lleguemos a tierra.

Alonso se levantó de la cama, la tapó con la sábana y le acarició la frente.

–Hasta luego –Alonso sonrió y se marchó.

Capítulo 11

LO primero que Rhianna notó cuando se despertó era que la luz era diferente, también que la habitación no se movía y que la cama era mucho más grande que la del barco.

Estaba sola, aunque la arrugada almohada que había al lado de la suya indicaba que Alonso había dormido allí.

Bostezando, se sentó en la cama.

Recordaba su llegada a España como algo nebuloso. Tras el desembarco y realizar unas formalidades administrativas en el puerto, habían ido a un coche que les estaba esperando. El conductor, un joven muy guapo llamado Felipe, la había mirado con admiración; pero unas palabras de Alonso le habían hecho recordar sus deberes.

La oscuridad le había impedido observar el entorno y, apoyando la cabeza en el hombro de Alonso, había realizado el trayecto en coche dormida.

Tampoco se había fijado en la casa, lo que sí recordaba era a una mujer fornida con cabello cano que la había mirado con expresión levemente hosca cuando Alonso la había tomado en sus brazos y había subido las escaleras con ella a su habitación.

También recordaba vagamente que él se había acostado en la cama, un tiempo después, y que ella había emitido un gemido de placer. Y luego… nada.

Y ahora ahí estaba, completamente sola.

Recostó la espalda en la almohada y miró a su alrededor con creciente placer. Era una habitación grande con las paredes pintadas de color azul y escaso mobiliario; aparte de la cama, había un armario grande, un mueble de cajones de madera oscura tallada y dos pequeñas mesas del mismo estilo a ambos lados de la cama.

Las contraventanas de los ventanales estaban ligeramente abiertas y la luz que se filtraba por la ranura iluminaba las baldosas del suelo mientras la brisa mecía las cortinas blancas.

En la pared de enfrente de la cama había una puerta que daba a un cuarto de baño, a juzgar por lo poco que se veía de unos azulejos color añil y un suelo blanco de mármol.

Lo que no veía por ninguna parte era su equipaje, ni siquiera la ropa que llevaba el día anterior.

Se levantó de la cama, envolviéndose con la sábana por si a la mujer, que según recordaba se llamaba Pilar, aparecía de repente. Inmediatamente pudo comprobar que sus cosas no estaban en el armario ni tampoco en el mueble de cajones, que solo contenía ropa de Alonso.

Fue al cuarto de baño, igualmente bonito. Además de un plato de ducha con mampara había una enorme bañera y dos lavabos en un mueble de mármol. Los dos lavabos indicaban que no era la primera mujer que Alonso llevaba a su habitación… Pero no, no quería pensar en eso.

–¿Ensayando un papel en Julio César?

Al oír la voz de Alonso, Rhianna se dio media vuelta bruscamente. Él estaba apoyado en el marco de la puerta, sonriente, con una toalla atada a la cintura y nada más.

–¿Y tú, ensayando para Tarzán?

–Ni loco –respondió él tras una carcajada–. Como

estabas completamente dormida, me he ido a dar un baño. Me alegro de que ya estés despierta.

–Estaba buscando mi ropa. ¿Sabes dónde está?

–Pilar, el ama de llaves, la tiene. Te la devolverá luego, lavada y planchada –la sonrisa de Alonso se agrandó–. Y hablando de luego…

Alonso se quitó la toalla, la dejó caer en el suelo, se acercó a ella, la levantó en brazos y la llevó a la cama.

–No podemos –protestó Rhianna sintiéndose indefensa–. ¿Te das cuenta de la hora que es?

–Mejor que tú, cariño. Pero nadie nos está esperando. Pilar se ha llevado a su familia a la misa del domingo, y nos ha dejado preparada una ensalada y alguna cosa más para comer… si es que comemos. Volverá esta tarde para prepararnos la cena; pero, hasta entonces, tenemos la casa para nosotros solos.

Alonso se inclinó sobre ella.

–Y yo te tengo a ti –añadió él en un susurro.

Al sentir la boca de Alonso en la suya, Rhianna, voluntaria e instantáneamente, se vio arrastrada al mundo de los sentidos que había descubierto la noche anterior. También ella le besó, le acarició la piel y se aprendió su cuerpo con las yemas de los dedos.

Sintió cómo respondía su propio cuerpo a las caricias de él, tanto de la boca como de las manos, ahora ya tan necesarias para ella como el aire que respiraba.

También era consciente de que se estaba derritiendo, que ardía de pasión por la consumación última, por el momento en el que perteneciera a Alonso por completo.

Alonso la poseyó con inmenso cuidado, introduciéndose en ella pausadamente, mirándola con intensidad y buscando en su expresión la mínima muestra de malestar.

Pero Rhianna solo fue consciente de una sensación de realización, como si por fin hubiera encontrado una pieza clave en su vida.

—¿Tienes idea de lo maravillosa que eres? —dijo Alonso con voz ronca.

—Y yo… estaba pensando lo mismo de ti —susurró ella.

Mientras se movía con él, unida a él, se sintió como un pájaro volando, su única canción un dulce e incontrolable grito de placer mientras su cuerpo estallaba en el clímax.

Después, tumbados, intercambiaron besos y susurros amorosos.

—Se me acaba de ocurrir que, a partir de este momento, puede que me haya convertido en el hombre más odiado de Inglaterra —dijo Alonso acariciándole un mechón de pelo.

—En ese caso, es una suerte que estés en España. Pero ¿por qué lo dices?

—Porque he hecho realidad la fantasía de cualquier británico, acostarse con lady Ariadne.

—No, no digas eso, Alonso —respondió ella con urgencia—. No digas eso nunca. Ella no existe y lo sabes.

—Cielo, solo estaba bromeando —dijo él compungido; después, agarrándole la barbilla, la miró fijamente—. Pero admito que siento curiosidad por saber cómo conseguiste el papel.

—Hice bien la prueba —respondió ella con franqueza—. El instinto me decía que la serie iba a tener éxito y quería trabajar en ella, a pesar de que Ariadne no era un personaje principal al comienzo. Pero, con los ensayos, se dieron cuenta de que tenía muchas posibilidades y cambiaron el guion.

Rhianna suspiró y añadió:

—Ahora, la gran dama ha pasado por dos maridos,

un amante y el heredero del patrimonio; es equiparable a Lucrecia Borgia. Menuda fantasía.

–Al mismo tiempo, es sorprendentemente hermosa y muy sexy –dijo Alonso–. No puedo creer que tu compañero de escena, por muy buen amigo que sea tuyo, no se haya excitado algo en las escenas de amor.

Rhianna se echó a reír.

–Rob es un actor –declaró ella–. Su principal preocupación, cuando estamos en la cama, es que la cámara le saque el lado bueno.

Alonso se la quedó mirando con incredulidad.

–Lo dices en broma, ¿verdad?

–No, en absoluto –insistió Rhianna, aún riendo–. Pregúntaselo al director… o a cualquiera. Para Rob, las escenas amorosas son solo trabajo y se lo toma muy en serio. Además, Rob no tiene relaciones extramatrimoniales. Rob es completamente monógamo, por eso es por lo que estoy segura de que Daisy y él van a volver juntos. Daisy es su media naranja.

Se hizo un silencio, que Alonso rompió con voz queda:

–Esperemos que tengas razón y que solucionen sus problemas.

Tras esas palabras, Alonso comenzó a hacerle el amor otra vez.

Almorzaron en la terraza, en frente de la piscina, en la parte posterior de la casa. Rhianna vestía una de las camisas de Alonso.

Pasaron el resto de la tarde junto a la piscina, bañándose y charlando. Pilar regresó a tiempo de prepararles la cena y, cuando Rhianna subió al cuarto, lo primero que vio en el dormitorio fueron sus ropas, limpias, planchadas y dobladas encima de la cama.

–¿Por qué demonios no ha metido la ropa en el armario? –preguntó Alonso como si hablara consigo mismo.

–Quizá le haya parecido demasiado íntimo, demasiado permanente. Deberías ir a hablar con ella y asegurarle que sus temores son innecesarios.

Alonso se acercó a la cama.

–Desde luego, algo sí que voy a decirle –Alonso miró los vestidos encima de la cama y agarró uno verde, el que ella había llevado puesto la primera tarde en el barco–. Ponte este vestido, Rhianna, por favor.

–Si eso es lo que quieres…

–Sí, lo es –respondió Alonso, y se fue al cuarto de baño.

Rhianna oyó el ruido de la ducha, tomando nota de que él no la había invitado a acompañarle.

«Debe estar despidiéndose ya de mí», pensó Rhianna con amargura.

Rhianna puso mucho cuidado en arreglarse aquella noche. Alonso ya se había marchado de la habitación cuando ella salió del cuarto de baño. Fuera, el cielo estaba muy gris y había empezado a llover. Todo estaba cambiando, pensó.

Se puso su ropa interior preferida, de seda bordada, y se maquilló. Se cepilló el cabello y se puso el vestido verde. Incluso eligió los mismos pendientes y el mismo perfume antes de bajar las escaleras.

Alonso la estaba esperando en el salón, una estancia alargada y de bajo techo con el mismo mobiliario antiguo que había visto en el resto de la casa. La enorme chimenea también encajaba perfectamente en aquel ambiente.

Pero era el retrato pintado que había encima de la chimenea lo que la sorprendió. Durante un instante, pensó que estaba viendo a Moira Seymour, aunque una versión más frágil de ella; después, se dio cuenta de quién debía ser.

–¿Tu madre? –le preguntó a Alonso.

–Sí. Pintaron ese retrato después de que yo naciera –respondió Alonso.

Rhianna continuó observando el retrato. Había una suavidad y una fragilidad en el rostro de la mujer que contrastaba visiblemente con la confianza que Moira Seymour tenía en sí misma. Además, Esther Penvarnon parecía triste.

–¿Te importaría hablarme de tu padre y de ella? Al fin y al cabo, ya da igual.

Alonso se quedó mirando la copa que tenía en la mano.

–Aunque cuando tenía siete años ya estaba interno en un colegio, había notado que mis padres no eran felices –dijo él–. Mi padre era un gran hombre rebosante de energía. Mi padre me enseñó a nadar, a remar y a jugar al críquet. Yo le adoraba. A mi madre la veía mucho menos; al parecer, sufría ataques constantes de un virus que la dejaba terriblemente débil y apenas con fuerza para moverse. Se pasaba la vida dormida o descansando en su habitación.

Alonso alzó los ojos y añadió con rostro inexpresivo:

–Ahora, al mirar atrás, me doy cuenta de no debieron tener relaciones en mucho tiempo; ahí estaba mi madre, en una silla de ruedas, mientras que mi padre era aún joven, viril y atractivo. Vamos, una situación destinada al desastre.

Alonso sacudió la cabeza y añadió:

–Supongo que siempre tuvo amantes. Desde luego, cada vez pasaba menos tiempo en Penvarnon y yo también comencé a ausentarme de casa.

–¿Pero tu tía y tu tío…? –dijo ella.

–Apoyaban a mi madre –Alonso hizo una mueca–. A mi padre le pareció buena idea que la hermana de mi madre le hiciera compañía. Al final, contrataron a una mujer del pueblo para que cuidara a mi madre, tu tía.

Rhianna le miró con expresión seria.

–Yo jamás asociaría a mi tía Kezia con la palabra «cuidar».

–Sin embargo, al parecer, estaba entregada a mi madre –dijo Alonso–. Después, cuando hicieron ama de llaves a tu tía, tu madre, Grace, ocupó su lugar; según tengo entendido, quería hacerse enfermera.

Alonso se acercó a la chimenea y se quedó mirando el cuadro.

–Al parecer, mi padre se enamoró de tu madre nada más verla –dijo Alonso bruscamente–. No debía ser fácil para él estar casado y no contar con una esposa en el verdadero sentido de la palabra. Supongo que es comprensible que buscara consuelo en otra parte.

Alonso suspiró profundamente antes de añadir:

–Pero volvió a Penvarnon y tuvo una aventura amorosa con una chica casi lo suficientemente joven para ser su hija, algo totalmente humillante para mi madre. Después, cuando despidieron a Grace Trewint, a tu madre, él la siguió a Londres y vivió con ella en Knightsbridge, en un piso. Mi padre jamás volvió a Cornualles. Le perdimos. Yo… le perdí.

–Pero si se querían…

–¿Qué clase de amor es ese? –preguntó Alonso con dureza–. Muchas personas sufrieron por ello. Por el amor de Dios, mi madre acabó pasando casi un año en una residencia; aunque por fin, poco a poco, se fue recuperando. Su salud mejoró mucho e incluso volvió a caminar. No obstante, se negó a regresar a Penvarnon. Ahora vive en San Juan de Luz, aunque su salud sigue siendo frágil.

Entonces, Alonso volvió la cabeza y la miró a ella con expresión angustiada.

–Rhianna…

Rhianna, colocándose delante de él, le selló los labios con un dedo para silenciarle.

–No tienes que decir nada –dijo ella con voz ronca–. Lo comprendo…

«Nos queremos, pero jamás podremos confesarnos nuestro amor», pensó Rhianna. «Porque nuestro amor causaría dolor a alguien que ya ha sufrido bastante».

Rhianna se apartó de él y se sentó.

–¿Nunca pensó tu madre en divorciarse?

–Una vez se lo pregunté –contestó Alonso acercándose a la ventana para quedarse mirando la lluvia–, pero ella me contestó que no habría estado bien.

–Debió quererle mucho –dijo Rhianna con dificultad–. Y tú, ¿no volviste a ver a tu padre?

–Sí. Cuando tu madre le dejó por fin, mi padre fue a Sudamérica y yo pasé bastante tiempo allí con él, pero mi padre ya no era el mismo, se le veía cansado. Y yo culpé también a tu madre de eso –Alonso la vio hacer un gesto de dolor y se acercó a ella–. Cariño…

–No te preocupes, es solo que no puedo asociar a mi madre con esa mujer de la que me estás hablando.

Rhianna respiró profundamente y añadió:

–Creo que ha llegado el momento de hablar de otra cosa. Dime, ¿me has buscado un vuelo para volver mañana a Londres?

–Sí, a las cinco de la tarde, desde Oviedo. Podrás recoger el billete en el aeropuerto.

–Gracias –Rhianna bajó la mirada–. Otra cosa más… ¿sería posible que durmiera esta noche en otra habitación?

Alonso se apartó de la ventana.

–Sí, claro. Debería habértelo preguntado. Le diré a Pilar que lleve tus cosas allí. Y ahora, ¿te parece que vayamos a cenar?

Fue una cena sombría y silenciosa, a pesar de que la comida era exquisita. De primer plato tomaron sopa de almendras; de segundo, ternera al vino con aceitunas y, para terminar, crema catalana.

–No creía que la comida de tu barco pudiera superarse, pero ahora no estoy tan segura –dijo ella.

–No es de sorprender, Pilar fue quien enseñó a Enrique a cocinar –Alonso se puso en pie–. Y ahora, ¿podrías disculparme un momento? Tengo que mirar la correspondencia.

–Y yo tengo que hacer el equipaje. Así que… hasta mañana.

Su nueva habitación estaba justo enfrente de la de Alonso, al otro lado del pasillo. Todo estaba preparado, hasta el mínimo detalle: las contraventanas cerradas y la luz encendida, y el camisón doblado encima de la cama.

En la mesilla de noche estaba el sobre con las fotos que Pilar debía haber encontrado al deshacerle la maleta.

Pensando en examinarlas con más detenimiento al día siguiente, Rhianna se desnudó, se puso el camisón y se acostó…

Pero no podía dormir. No podía dejar de pensar en Alonso y en el modo tan frío como se habían despedido.

Por fin, se levantó de la cama, salió de la habitación, cruzó el pasillo y se detuvo delante de la puerta de él.

¿Y si estaba durmiendo? ¿Y si la rechazaba?

Fue esa última idea la que la hizo detenerse; sin

embargo, mientras pensaba en qué hacer, la puerta se abrió y Alonso apareció cubierto con una bata de seda negra.

Se quedaron en silencio durante unos momentos; después, Alonso pronunció su nombre en voz muy baja y suave antes de tomarle la mano.

–No podía dormir –dijo ella, enrojeciendo profundamente.

–Yo tampoco –dijo él con voz ronca–. Iba a ir a tu habitación. Creía… esperaba que me dejaras abrazarte. No pido nada más.

–En ese caso, tendré que pedirlo yo por los dos –y Rhianna se arrojó a sus brazos.

Capítulo 12

RHIANNA se despertó justo antes de que amaneciera y se quedó tumbada viéndole mientras dormía antes de levantarse de la cama con cuidado para no despertarle.

Recogió del suelo el camisón y salió sigilosamente de la habitación.

Una vez en el otro dormitorio, metió el camisón en la maleta y, con el cuerpo aún recordando el placer compartido, se acostó en aquella cama vacía.

Cuando volvió a despertarse, miró el reloj y vio que era media mañana. Rápidamente, se levantó y se fue al cuarto de baño. ¿Por qué Alonso no había ido a despertarla?, se preguntó mientras estaba en la ducha.

Media hora más tarde, vestida y con casi todas sus cosas en la maleta, salió del dormitorio y bajó. Se detuvo en el vestíbulo y, de repente, vio aparecer a Pilar, que salía del salón.

–Buenos días, señorita. ¿Viene a desayunar? –le preguntó Pilar con una sonrisa.

–Sí, gracias. Siento… que sea tan tarde.

Pilar se encogió de hombros.

–No importa. El señor Alonso ha dicho que la dejara dormir.

Había servicio de desayuno esperándola en la terraza posterior: café, bollos, un tarro de miel y un cuenco con fruta. Después, Pilar le llevó una bandeja con una tortilla de beicon, tomates, pimientos, patatas y queso.

–¡Dios mío! ¿Todo esto es para mí?

–Por supuesto –respondió Pilar.

–¿El señor ya ha desayunado? –preguntó Rhianna mientras se servía café.

–Sí, hace ya mucho. Ha estado trabajando, con el ordenador y el teléfono. Luego se ha ido al puerto.

–Ah. ¿Sabe cuándo va a volver? Es que tengo que ir al aeropuerto…

–No se preocupe, ha dicho que volverá a tiempo – Pilar se permitió una sonrisa más y se marchó.

Rhianna se sorprendió a sí misma al comerse toda la tortilla y dos bollos con miel.

Estaba de vuelta en su habitación cuando oyó la llegada de un coche. Su viaje al aeropuerto, pensó. Inmediatamente, agarró el equipaje y, tras una última mirada a la habitación, se dirigió hacia las escaleras.

Al girar para bajar las escaleras, el flash de una cámara la hizo parpadear. En ese instante, se dio cuenta de que no era Alonso quien la estaba esperando en el vestíbulo para llevarla al aeropuerto, sino dos hombres, uno de ellos con una cámara fotográfica.

El otro era el periodista del *Duchy Herald*, Jason Tully.

–Hola, Rhianna –dijo él con sonrisa triunfal–. Sabía que volveríamos a vernos. ¿Va a alguna parte?

–Sí, de vuelta a Inglaterra –contestó ella bajando las escaleras.

Una vez abajo, dejó el equipaje en el suelo con calma, aunque por dentro apenas podía contener la cólera.

–Pero no va a volver a Cornualles, ¿verdad? Allí es persona non grata, como debe saber ya. ¿Ha leído mi artículo en el *Sunday Echo*? ¿No? –Tully se sacó un papel del bolsillo y se lo dio–. Adelante, léalo. Aunque será mejor que se siente primero.

Rhianna se sentó en el último escalón, abrió el papel y leyó:

Actriz de Castle Pride *da la sorpresa: «Es mío», dice Donna derramando lágrimas.*

Los invitados a una boda en un pintoresco pueblo de Cornualles se quedaron perplejos cuando Donna Winston, una de las estrellas de la serie de televisión Castle Pride*, interrumpió la ceremonia al anunciar que el novio la había dejado embarazada.*

Donna, de veintidós años, dijo a los allí reunidos que Simon Rawlins, prometido de Caroline Seymour, y ella habían mantenido relaciones durante tres meses y que, como consecuencia, ella se había quedado embarazada.

También confesó que había conocido a Simon Rawlins a través de Rhianna Carlow, y que esta había insistido en que abortara, pero que ella se había negado porque sabía que Simon la amaba.

Por fin, el reverendo Alan Braithwaite suspendió la ceremonia nupcial.

Los decepcionados invitados abandonaron la iglesia. El novio y su testigo salieron por una puerta trasera, negándose a hacer ningún comentario.

Tampoco estaba allí Rhianna Carlow, que supuestamente estaba al corriente de la relación entre Donna y Simon y que, al parecer, los había ayudado. Ahora, su papel de inmoral lady Ariadne parece haber cobrado vida en el mundo real.

Según parece, nadie ha visto a Rhianna desde la noche antes de la boda, cuando salió de un hotel acompañada del multimillonario Alonso Penvarnon, en cuya casa iba a haberse celebrado el banquete nupcial.

Se cree que la pareja salió de viaje en un lujoso yate el viernes por la noche con destino desconocido.

Entre tanto, la desconsolada novia, la bonita Caroline Seymour de veintitrés años de edad, cuenta con el apoyo de su familia.

Rhianna respiró profundamente y miró a Jason Tully.

–Al parecer, el destino no era tan desconocido –comentó ella con ironía–. ¿A qué ha venido, señor Tully?

–A confirmar unas cuantas cosas y a ganar más dinero –Jason Tully miró a su alrededor–. Muy bonito. Pero ¿dónde está su novio? No ha durado mucho la aventura, ¿verdad? Quizá haya pensado que tener por querida a la hija de Grace Trewint sea muy arriesgado.

Tully sonrió malévolamente.

–Ah, sí –añadió Tully al ver a Rhianna jadear involuntariamente–, todo el mundo estaba deseando contarme viejas historias; sobre todo, al enterarse de lo que le ha hecho a la señorita Seymour. Su nombre equivale a basura en Polkernick. Y yo, afortunadamente, he logrado otra entrevista… con la esposa engañada que vive al otro lado de la frontera, en Francia. ¿Qué dirá cuando se entere de que su hijo ha seguido el ejemplo de su padre?

–Si habla con ella, no conseguirá nada, eso se lo garantizo –dijo Rhianna con calma–. Sin embargo… ¿por qué importunarla cuando me tiene a mí? Le diré todo lo que quiera saber, pero a ella déjela en paz.

Rhianna se levantó, se alisó el vestido y sonrió:

–Como debe haber imaginado, ha sido una breve aventura, una de esas cosas que ocurren cuando se toman dos copas de más. Me arrojé en sus brazos y él me sostuvo. En su momento, me pareció una buena idea, pero no lo fue. Ahora todo ha acabado y me marcho de aquí –Rhianna agrandó la sonrisa–. Si va ahora camino del aeropuerto… ¿podría llevarme?

–¿No tiene pensado volverle a ver? –preguntó Tully.

–Por supuesto que no –respondió ella.

–Bien –dijo Tully despacio–. ¿Y qué piensa decirle a Caroline Seymour cuando la vea?

Rhianna se encogió de hombros.

–No tengo ni idea, pero ya se me ocurrirá algo.

–¿Y qué opina de los rumores que corren respecto a que tal vez cancelen su contrato en la serie de televisión?

Rhianna no había esperado eso, pero se recuperó inmediatamente y dijo en tono ligero:

–Simplemente, que todo tiene un fin.

Se preparó mentalmente para otra maliciosa pregunta, pero en ese momento Pilar apareció en escena, gritando en español, mientras amenazaba a Tully con un cepillo de barrer.

–¡Eh! –gritó él cuando el cepillo le golpeó. Entonces, se volvió a Rhianna–. Dígale que voy a denunciarla por asalto.

–Creo que ella le dirá que está invadiendo una propiedad privada –le contestó Rhianna–. Además, este es su país, su jefe es un hombre respetado, así que no cuente con el apoyo de la policía. Yo, de ser usted, me marcharía.

Tully siguió su consejo.

Una vez que Pilar y ella se quedaron solas, el ama de llaves le puso la mano en el hombro, instándola a que se calmara. Fue entonces cuando Rhianna se dio cuenta de que se había sentado en un escalón y que tenía el rostro cubierto con las manos.

–Pilar, tengo que marcharme ya –dijo ella con voz temblorosa–. Tengo que volver a Inglaterra. ¿Podría llevarme al aeropuerto, Felipe?

–Felipe es un estúpido –dijo Pilar fríamente–. Ha dejado que estos hombres, estos desconocidos, entraran en la casa del señor Alonso. Ha recibido dinero de ellos. Nos ha deshonrado. Será mejor que espere al señor Alonso.

–¡No! –Rhianna le agarró una mano–. No puedo… después de lo que ha pasado.

«No podría mirarle a la cara. No, después de lo que ha ocurrido y de lo que he dicho».

–Sea lo que sea lo que haya hecho Felipe, necesito que me lleve al aeropuerto. Pilar, por favor, dígale que me lleve.

Tras un momentáneo silencio, Pilar asintió con desgana.

–Ay de mí –Pilar alzó los puños–. ¿Qué voy a decirle al señor cuando vuelva? ¿Qué le digo sobre esos hombres?

Rhianna le dio el arrugado trozo de papel de periódico.

–Dele esto simplemente –dijo ella con voz queda–. Esto lo explica todo. Y ahora, por favor, vaya a buscar a Felipe. Es necesario que me vaya ya.

–No es posible que hables en serio –Daisy se quedó mirando a Rhianna con la boca abierta–. ¿Que vas a dejar la serie por esta sarta de tonterías? Querida, no puedes hablar en serio.

–Sí, hablo en serio. Me he dado cuenta de que no puedo seguir –Rhianna empujó, sobre la mesa, el periódico que había comprado–. Esto es lo que me ha hecho tomar esa decisión.

Rhianna indicó una foto de Alonso andando por la calle, su expresión encolerizada al darse cuenta de la presencia de una cámara, y el encabezamiento del artículo: *¡Se acostó con Ariadne y sobrevivió! ¡Millonario atrapado por una sex symbol!*

Rhianna sacudió la cabeza.

–Alonso odia esta clase de publicidad; sobre todo, ahora que los periódicos han sacado a relucir la relación entre su padre y mi madre –Rhianna esbozó una amarga sonrisa–. He decepcionado a todo el mundo, incluida a mí misma. Alonso debe odiarme después de esto.

Daisy agarró la cafetera y volvió a llenar las dos tazas.

–Bueno, eso ya no importa, teniendo en cuenta que has jurado no volverle a ver. Y tampoco se te puede culpar de algo que pasó antes de que nacieras –Daisy hizo una pausa–. Además, tú no arrastraste a Alonso Penvarnon al yate y te fuiste con él por voluntad propia. Eso fue idea suya y, al final, le ha salido el tiro por la culata. Y, desde luego, no es motivo para que destruyas tu carrera.

Daisy la miró fija y prolongadamente antes de preguntar:

–¿Qué ha dicho tu agente?

–Un montón de cosas.

–Sí, no lo dudo –dijo Daisy–. Y supongo que la productora ha dicho aún más.

–Todavía no he hablado con los de la productora, aunque no creo que se lleven un disgusto –contestó Rhianna–. ¿Es que no lo entiendes? Para la gente, me he convertido realmente en lady Ariadne, y eso no puedo soportarlo. Necesito alejarme de todo eso, necesito alejarme de ella.

«También me he dado cuenta de que no quiero desnudarme delante de ningún hombre que no sea el hombre al que amo», pensó Rhianna con repentina angustia.

–No te precipites –le aconsejó Daisy poniéndole una mano en el brazo–. Ten en cuenta que no siempre será así, la gente pronto se olvidará de este asunto con Donna Winston.

–No, yo no lo olvidaré –dijo Rhianna amargamente–. Ni la gente lo va a olvidar mientras Donna siga apareciendo en programas de la televisión hablando de su lucha por el amor y por el derecho a tener a su hijo, convirtiéndome a mí en la mala de la historia.

–Mientras que el verdadero «malo de la historia» se marcha a Sudáfrica, según un periódico, y se libra de todo –Daisy arrugó la nariz–. ¿Has conseguido hablar con tu amiga?

–No –admitió Rhianna–. La he llamado, pero no me han dejado hablar con ella. Y la última vez que llamé, contestó su madre y me llamó «perra».

–Es comprensible, tú misma has dicho que siempre te ha odiado –dijo Daisy–. Tiene que culpar a alguien de lo ocurrido y te ha elegido a ti.

–No solo ella, sino el resto de la gente –dijo Rhianna–. Para venir aquí en el metro, me he puesto una peluca y unas gafas oscuras con el fin de evitar que me reconocieran. Y aunque el señor y la señora Jessop se han portado maravillosamente conmigo y me dejan estar en su casa mientras los de la prensa estén acampados delante de mi casa, llegará un momento en el que tenga que marcharme.

Rhianna suspiró y añadió:

–Tengo que marcharme y esconderme en alguna parte en la que nadie pueda encontrarme.

–Siempre y cuando vuelvas dentro de seis meses... porque vas a ser la madrina –anunció Daisy.

–¿Madrina? –repitió Rhianna con asombro–. ¿En serio? Oh, Daisy, cariño, es maravilloso. ¿Es por eso por lo que Rob…?

–¿Por lo que salió corriendo aterrado? –concluyó

Daisy–. Sí, fue por eso. El tonto de mi marido vio un futuro sin ofertas de trabajo y con una mujer y un hijo a quienes alimentar. Se fue a Norfolk a casa de sus padres, se dio cuenta de la tontería que había hecho y volvió a casa.

–¡Menos mal! –dijo Rhianna sonriendo–. Es incorregible.

Rhianna seguía sonriendo para sí misma cuando volvió a casa del matrimonio Jessop.

La señora Jessop salió a su encuentro en el pasillo con expresión de preocupación.

–Tienes una visita, querida. Una mujer. Está en el cuarto de estar.

«Carrie», pensó Rhianna. Pero cuando entró en el cuarto de estar, se encontró con una mujer alta de cabello rubio plateado, vestida con unos inmaculados pantalones grises, una blusa de seda haciendo juego y una chaqueta de color coral.

Durante los primeros instantes, cuando la mujer se apartó de la ventana y la miró, Rhianna pensó que era Moira Seymour; sin embargo, aquella mujer le sonrió.

–Vaya, la hija de Grace. Por fin nos conocemos.

¡La madre de Alonso!

–¿La señora… Penvarnon? Yo… no imaginaba… ¿A qué ha venido y cómo ha conseguido mi dirección? No lo comprendo.

–Si quieres que te sea sincera, esperaba que esto no tuviera que ocurrir nunca –dijo la mujer en tono de humor–. Pero cuando Alonso me envió unas fotos que encontró en tu habitación, exigiéndome una explicación, me di cuenta de que no tenía alternativa.

–¿Las fotos? –Rhianna se la quedó mirando. Al regresar a Londres, se había dado cuenta de que el sobre con las fotos se le había perdido, que habían desaparecido de encima de la mesilla de noche–. ¿Las tenía

Alonso? Pero… ¿por qué se las envió a usted cuando la mayoría eran fotos de su marido?

–La mayoría –enfatizó Esther Penvarnon–, pero no todas. Había otras fotos.

–Bueno, sí, había varias de la señora Seymour y también otras de su marido. Pero no comprendo…

–No, no eran de Moira con su marido –le interrumpió Esther Penvarnon–, sino de mí y de mi amante.

–¿De usted? –Rhianna la miró con expresión de perplejidad–. ¿Tenía relaciones con el señor Seymour?

–Sí, tuve relaciones con mi cuñado, Francis Seymour. Cuando yo caí enferma, Moira y él fueron a vivir a Penvarnon con el fin de hacerme compañía y manejar los asuntos de la casa mientras Ben estaba ausente. Francis solía sentarse conmigo por las tardes a leer en voz alta; otras veces, oíamos juntos la radio. Poco a poco, nuestra relación fue cambiando. Ocurrió lo que suele ocurrir en estos casos, ninguno de los dos éramos felices en nuestro matrimonio y acabamos enamorándonos. Aunque, por supuesto, soy consciente de que eso no disculpa el daño que hicimos.

–Pero usted estaba en una silla de ruedas –objetó Rhianna.

–Había estado en una silla de ruedas, pero mejoré mucho después de unos meses –contestó Esther Penvarnon–. Sin embargo, me convino seguir desempeñando el papel de mujer indefensa.

Esther hizo una pausa y preguntó:

–¿Podría sentarme? Me resultará más fácil decirte lo que tengo que decirte.

Rhianna respiró profundamente.

–Sí, es una buena idea.

Esther Penvarnon se sentó en uno de los sillones al lado de la chimenea y Rhianna ocupó el otro.

–En primer lugar, mi marido no me dejó debido a

su pasión por tu madre –comenzó a explicar la señora Penvarnon–. Grace Trewint solo fue su ama de llaves en el piso de Londres… y una buena amiga. Ben me lo dijo en una carta que me escribió poco antes de su muerte, y yo le creí. Ben se marchó de Cornualles y de la casa que tanto quería porque él también había visto unas fotos, y mucho más comprometedoras que las que Alonso ha visto, en las que se demostraba que yo le había sido infiel. Eso le dejó destrozado.

Esther Penvarnon suspiró y continuó:

–A tu madre no se la despidió por haber hecho nada incorrecto, sino que se marchó por su cuenta porque sospechaba la verdad desde hacía algún tiempo y no quería formar parte de un engaño a un hombre tan bueno. Sí, Rhianna, Ben Penvarnon era un buen hombre. También era rico, dinámico, guapo y gustaba mucho a las mujeres. Ben… simplemente no era el hombre adecuado para mí.

Esther hizo una pausa antes de proseguir:

–Yo siempre fue la chica callada, viviendo bajo la sombra de mi hermana. Me halagó que Ben se enamorara de mí y no de ella, y logré convencerme a mí misma de que yo también le quería. Sin embargo, la realidad de la vida de casados me demostró lo contrario. No sentía nada por él. Acabé enfermando de miedo cada vez que él se me acercaba.

–Señora Penvarnon, no creo que debiera contarme estas cosas. Ya no tienen ninguna importancia.

–Sí, claro que la tienen, porque es lo único que tengo como disculpa respecto a fingir que estaba enferma. Yo engañé a un marido bueno, considerado y generoso que me amó durante mucho tiempo antes de que Francis y yo tuviéramos relaciones. Y creo que fue eso lo que Ben no pudo perdonarme, lo que me inventé para evitar ser su esposa de verdad.

La mujer suspiró.

–Una vez que se hubo marchado, tanto mi herma-na como mi cuñado y yo hicimos lo posible para evi-tar que se conociera la verdad. A Moira le gustaba de-masiado ser la señora de la casa como para pensar en el divorcio. Y yo… yo estaba destrozada y solo quería alejarme. Por eso, cuando Kezia Trewint comenzó a divulgar mentiras, ninguno las negamos.

–Pero fue ella quien tomó las fotos y se las enseñó a su marido, ¿verdad? –dijo Rhianna pensativa–. ¿Por qué hizo eso?

–Porque estaba enamorada de él, estaba obsesiona-da con él –contestó Esther–. Kezia, pobre desgraciada, creía que Ben le estaría agradecido… y mucho más. Pero Ben se marchó y, cuando Kezia se enteró de que Grace estaba trabajando para él, toda esa pasión repri-mida la volcó contra tu madre.

Esther Penvarnon bajó la cabeza y añadió:

–Y yo se lo permití. Incluso después de recibir la carta de Ben, me callé. Me dije a mí misma que no se ganaría nada con la verdad; Moira y Francis ya habían hecho las paces y ya tenían una niña. En fin, decidí se-guir viviendo la mentira de la esposa traicionada. Pero nadie contaba con que aparecieras tú, la viva imagen de Grace, despertando viejos odios y sentimientos de culpa. Y yo tampoco conté con la posibilidad de que mi hijo se enamorara de ti hasta el punto de insistir en que se descubriera la verdad y que yo hablara contigo para que no tuvieras dudas respecto a tu madre.

Esther la miró fijamente.

–Así que he venido para pedirte perdón.

Se hizo un profundo silencio. Por fin, Rhianna dijo pausadamente:

–Quizá… si solo fuera algo del pasado… pero no lo es –Rhianna alzó la barbilla–. Le agradezco lo que me ha dicho por la memoria de mi madre, pero no puedo ir más allá. Para mí, señora Penvarnon, no ha cambiado nada. Mi vida entera es un desastre, un absoluto desastre. Se me arrastró a una situación inaceptable y se me obligó a guardar los secretos de otra gente. Como resultado, me han insultado en la prensa y en la televisión.

Rhianna, temblando, se puso en pie.

—Mi carrera ha llegado a su fin. Mi intento de proteger a una amiga ha acabado en desastre; ahora, su vida está arruinada y jamás volverá a querer saber de mí. Y mi relación con Alonso… en fin, ya ha visto los periódicos. No creo que Alonso quiera volver a verme en su vida. Lo he hecho todo mal, a pesar de que mis intenciones eran buenas. En resumen, he ocasionado más problemas que mi tía Kezia. Sí, puedo perdonar y olvidar el pasado, si es eso lo que quiere oír. Eso es fácil. Al fin y al cabo, algunos de los afectados ya no están entre nosotros. Pero el presente… ¿Quién va a perdonarme, señora Penvarnon? ¿Y cómo voy a poder soportarlo?

Desde la puerta, Alonso dijo con voz suave:

—Conmigo a tu lado, amor mío. Los dos juntos lo conseguiremos.

Rhianna se dio media vuelta y se lo quedó mirando con angustia.

—¿Cómo sabías dónde estaba?

—Siempre lo he sabido —contestó Alonso—. ¿En serio creías que cuando te fuiste de Penvarnon cinco años atrás iba a permitir que te marcharas sin asegurarme de que estabas a salvo y bien cuidada? Ahora, al ver que los de la prensa estaban acampados delante de tu casa, supuse que habías venido aquí.

—Pero… no puedes quedarte aquí. Tienes que marcharte inmediatamente —Rhianna se dio media vuelta y se cubrió el rostro con manos temblorosas.

En el silencio que siguió, Rhianna oyó la puerta cerrarse y, por un momento, creyó que Alonso se había ido. Entonces, sintió las manos de él en los hombros, obligándola a volverse. Fue entonces cuando se dio cuenta de que había sido Esther Penvarnon quien se había marchado.

–Cariño, no voy a ir a ninguna parte sin ti. Eres parte de mí, me niego a vivir sin ti. Así que ve haciéndote a la idea.

–¿Cómo? –Rhianna le miró con desesperación–. Si los periodistas se enteran de que estás aquí, te crucificarán.

–¿Por qué? –dijo él sonriendo–. ¿Por qué me ha atrapado una sex symbol?

–No tiene ninguna gracia –gimió ella–. Le dije a ese sinvergüenza de Tully que habíamos tenido una aventura sin importancia para deshacerme de él, había amenazado con hablar con tu madre y contarle lo nuestro, y no podía permitirlo.

–No le habría servido de nada, mi madre ya lo sabía.

–¿Lo sabía? ¿Cómo?

–Se lo dije yo, ese mismo día. Al despertarme y encontrarme solo en la cama, me di cuenta de que tenía que hacer algo. No quería seguir pasándome la vida víctima de los tabúes de la familia. Así que llamé a mi madre, le dije que éramos amantes y que quería llevarte a San Juan de Luz para que te conociera ese mismo día en el barco. Para mi sorpresa, mi madre accedió inmediatamente y me dijo que tenía que darnos algunas explicaciones. Cuando fui a tu habitación para contártelo, estabas tan dormida que decidí esperar; sin embargo, vi las fotos y les eché un vistazo.

Alonso se interrumpió para luego añadir irónicamente:

–Hasta ese momento, no había puesto en duda la verdad sobre el matrimonio de mis padres. Jamás lo cuestioné, ni siquiera cuando me di cuenta de que estaba enamorándome de ti. De repente, todo cambió y me di cuenta de lo que mi madre iba a contarme. Por eso le envié las fotos por Internet y, por fin, la verdad salió a la luz.

Rhianna sacudió la cabeza.

–Debe haberle costado mucho contártelo y venir aquí hoy.

–Dice que ha sido un alivio poder confesar la verdad por fin, a pesar de que le aterraba la idea de que yo no pudiera perdonarla; al fin y al cabo, mi padre se marchó por su culpa. Pero creo que mi madre ya ha sufrido bastante, así que le he dicho que lo que más me preocupaba ahora era la forma como todo esto te ha afectado a ti. No podía olvidar esa niña infeliz que fue a vivir a Penvarnon y que tan mal tratada fue por todos, a excepción de Carrie. Y yo me porté peor que ninguno; sobre todo, cuando me di cuenta de lo que había empezado a sentir por ti y quise reprimirlo.

Alonso suspiró.

–Pero no pude, Rhianna. Siempre te he querido. Y no voy a permitir que ningún escándalo del pasado vaya a interponerse entre nosotros.

–Pero aún tenemos que enfrentarnos al presente –le recordó Rhianna–. Y también tenemos que pensar en Carrie. Yo lo único que quería era protegerla, pero lo único que he conseguido ha sido empeorar la situación. Y Donna Winston no hace más que echar leña al fuego.

–En ese caso, te diré que a la señorita Winston le va a salir el tiro por la culata –dijo Alonso con desagrado–. Al parecer, querida, Rawlins no ha sido el único que le ha dado dinero para el aborto; un tipo de

Ipswich ha pagado también por lo mismo. Este individuo en cuestión guardó silencio cuando la historia apareció en los periódicos porque quería salvar su matrimonio; pero su mujer le ha abandonado y él acaba de hablar con los de la prensa. La noticia saldrá mañana en los periódicos. Creo que la opinión de mucha gente va a cambiar respecto a este asunto.

–Pero eso no va a ayudar en nada a Carrie –dijo Rhianna–. ¿Y cómo voy yo a pensar en estar contigo sabiendo que ella es tan infeliz y que me odia? Carrie y sus padres son familia tuya, Alonso, no podemos hacer como si no tuvieran importancia. Harán lo posible por evitar que estemos juntos. No puedes imaginar la forma como la madre de Carrie me habló.

–Sí, claro que puedo imaginarlo –dijo Alonso con calma–, pero también creo que no tiene nada que ver con los sentimientos de su hija. Moira está más preocupada con que el pasado salga a la luz y con perder su estatus como señora de la casa, cielo. Al parecer, solo se casó con el tío Francis por continuar viviendo en Cornualles y en Penvarnon, y quizá con el fin de hacerle ver a mi padre que se había casado con la hermana equivocada.

Alonso hizo una mueca burlona.

–Pero fue ella quien se equivocó. Mi padre le dejó llevar la casa, pero nada más. Por desgracia para él, mi padre quería a mi madre y creo que la siguió queriendo hasta la muerte.

Alonso guardó silencio un instante antes de añadir:

–Y no te preocupes por Carrie, cariño mío. Sí, sé que está dolida, pero ha tenido suerte con escapar de ese matrimonio y me parece que debe haber empezado a darse cuenta. Hace un par de días charlamos largo y tendido y admitió que, durante las últimas semanas antes de la boda, había visto a Simon muy cambiado, que ya no le parecía el chico del que se enamoró años atrás. Incluso había empezado a cuestionarse su matrimonio con él, aunque logró convencerse de que se trataban de los típicos nervios de antes de la boda. Y, por supuesto, no te odia, al margen de lo que te haya dicho Moira. También me dijo que tú llevabas años evitando a Simon.

Alonso bajó la cabeza y la besó tiernamente en los labios.

–Carrie saldrá de esto, amor mío. Lo único que necesita es tiempo.

Rhianna apoyó el rostro en el pecho de él, deleitándose en su calor.

Entonces, Alonso la tomó en brazos, la llevó al sillón, y la hizo sentarse encima de él.

–Y ahora ¿podríamos hablar de nosotros un minuto? –Alonso se metió la mano en el bolsillo y sacó una caja de cuero–. Tengo un regalo para ti.

Dentro de la caja, las turquesas de Tamsin Penvarnon brillaron.

–Quiero que formen parte de la ceremonia nupcial –declaró Alonso mirando a una jadeante Rhianna–. Y llevaremos las turquesas en el viaje de luna de miel. Quiero que sea lo único que lleves puesto la noche de bodas.

Aún correrían rumores y habría más artículos en los periódicos antes de que se les permitiera vivir en paz. Pero con Alonso a su lado, Rhianna sabía que podría enfrentarse a cualquier cosa, que su amor les protegería siempre.

–Será un gran placer –respondió ella con voz queda antes de abrazarle.

Se busca ayuda para dominar a un hombre...

Seis semanas atrás, un accidente de coche dejó a Xander Sterne con una pierna fracturada y, para su inmensa irritación, la necesidad de una ayudante en casa. Pero, para su sorpresa, la ayuda llegó en forma de la exquisita Samantha Smith. Y una pierna rota no sería obstáculo para el famoso donjuán.

Sam era una profesional y no iba a dejarse cautivar por las dotes de seductor de su jefe, que flirteaba e intentaba seducirla a todas horas. Pero empezaba a preguntarse cuánto tiempo tardaría en convencerla para darle un nuevo significado al término «ayudante personal».

LA SEDUCCIÓN DE XANDER STERNE
CAROLE MORTIMER

Acepte 2 de nuestras mejores novelas de amor GRATIS

¡Y reciba un regalo sorpresa!

Oferta especial de tiempo limitado

Rellene el cupón y envíelo a

Harlequin Reader Service®

3010 Walden Ave.

P.O. Box 1867

Buffalo, N.Y. 14240-1867

¡Sí! Por favor, envíenme 2 novelas de amor de Harlequin (1 Bianca® y 1 Deseo®) gratis, más el regalo sorpresa. Luego remítanme 4 novelas nuevas todos los meses, las cuales recibiré mucho antes de que aparezcan en librerías, y factúrenme al bajo precio de $3,24 cada una, más $0,25 por envío e impuesto de ventas, si corresponde*. Este es el precio total, y es un ahorro de casi el 20% sobre el precio de portada. ¡Una oferta excelente! Entiendo que el hecho de aceptar estos libros y el regalo no me obliga en forma alguna a la compra de libros adicionales. Y también que puedo devolver cualquier envío y cancelar en cualquier momento. Aún si decido no comprar ningún otro libro de Harlequin, los 2 libros gratis y el regalo sorpresa son míos para siempre.

416 LBN DU7N

Nombre y apellido	(Por favor, letra de molde)	
Dirección	Apartamento No.	
Ciudad	Estado	Zona postal

Esta oferta se limita a un pedido por hogar y no está disponible para los subscriptores actuales de Deseo® y Bianca®.

*Los términos y precios quedan sujetos a cambios sin aviso previo.

Impuestos de ventas aplican en N.Y.

Deseo

TANNER

Instantes de pasión

JOAN HOHL

En cualquier otra ocasión, Tanner Wolfe habría tenido ciertas reticencias a que lo contratara una mujer. Pero el precio era lo bastante alto para atraer su atención, y la belleza de la dama en cuestión hizo que la atención se convirtiera en deseo. Sin embargo, no estaba dispuesto a que ella lo acompañara en la misión. El inconformista cazarrecompensas trabajaba solo. Siempre lo había hecho y siempre lo haría. Claro que nunca había conocido a una mujer como Brianna, que no estaba dispuesta a aceptar un no como respuesta… a nada.

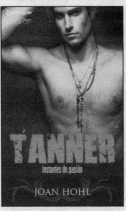

¿Lo harías por un millón de dólares?

¡YA EN TU PUNTO DE VENTA!

Bianca

En el oscuro juego de venganza y seducción cambiaron las tornas.
¿Quién acabaría utilizando a quién?

Conan Ryder irrumpió hecho una furia en la vida de Sienna, interrumpiendo su trabajo como instructora de gimnasia y acelerándole el pulso al máximo.

Le exigía que su sobrina lo acompañara a visitar a su madre enferma. Pero Sienna no estaba dispuesta a dejar a su hija pequeña sola en manos de su cuñado. Por eso, llena de pánico, decidió volver a la boca del lobo.

La lujosa mansión en el sur de Francia resultaba una cárcel de oro bajo la mirada acusadora de Conan, que culpaba a Sienna de la muerte de su hermano.

OSCURO JUEGO DE SEDUCCIÓN
ELIZABETH POWER